A GIFT

FROM

LAKE MOUNTAIN

卢山 著

湖山的礼物

作家出版社

谨以此书献给我的女儿夏天

目　录

辑二 中年之诗

辑三　故乡的教诲

辑四　虚无主义者的江南

沿着诗歌的绿色索道（自序）

"要么成为诗人，要么就什么都不是"。黑塞小时候希望成为一名魔术师，"让人起死回生""让苹果在冬天长大"，他在十三岁时忽然就明白了自己注定是上帝派驻人间的一名诗人。

诗人是一种宿命，而诗歌是一生的事情。写诗已有多年，摸爬滚打已然中年大叔，却在写作和生活上仍未有建树，但一息尚存诗心不死，被骨子里的理想主义驱使，每每让青春的热泪溢满眼眶。写作终究是一趟充满冒险的旅途，那么，这个皖北小镇青年的诗歌故事到底是怎样开始的呢？

别了，我的抒情少年

我经常回忆写作第一首诗歌的情形：哪年哪月的哪个日子，一个纯情的少年不经意间提起那支象征宿命的笔，在缪斯的引诱下踏上一条孤独的旅程？如今，我已回想不起那个少年的模样，指间倏忽而逝的时光把我从皖北的一个小镇带到遥远的成都，如今他又打马离开古城南京，停泊在宁静的西湖，借此守望北方的故乡。

如果世界把我遗忘了，我就安静地写诗，这是我对世界的一种表达方式。"手指如刀，一下一下，砍伤我自己。"（海子）少年无知，为赋新词强说愁，回首这些堆积在灰尘里的百万字的情感艾草，究竟耗尽我多少血肉？十五岁开始写诗，近二十年时光已从掌心倏忽而逝，"出道"虽早，但天生愚笨，竟然"苦难没有认清／爱没有学成"（里尔克），来不及回首，我早已别了昨日的抒情少年。

我是一个理想主义者。从小到大，我曾为此付出了极大的成长代价。比如说在高考硝烟弥漫的时候，我却终日与诗歌为伍，在海子和顾城之间来回切换情感的频道，枕头下填满苦涩的诗歌，在写作的道路上抛头颅洒热血，一去不返。结果涂抹心血，流尽泪水，高考连续两次落榜，徘徊于一条臭烘烘的小河边，差一点打算"以身相许"。结果还是活了下来，最后两手空空地回到故乡，无颜见江东父老。像一个古时候屡试不中的穷秀才，闭门思过，写些伤情的怀才不遇之类的文章来搪塞自己，打发痉挛般的时光，幻想某位美丽的狐仙女鬼下凡拯救。那时候，夏日燠热如女人的月经缠绵，蚊子死了一批又一批，我不停地写，有时候也会哭，头发长得和我的命运线一样复杂。我只有疯狂地写诗，对着夜空倾倒满腹牢骚，把自己囚禁在昏天暗地的文字里。

"我在等待有一天／我的王在复活／我的诗在漂流"，这是我在2005年高中课堂晚自习上写的一首诗里的一句。皇天不负有心人，乡村少年的诗歌之梦终于从高考的巨石下面开出一朵小花。2007年夏天，我终于失魂落魄地背上一捆捆诗集，跨上开往成都的火车，离开了生活多年的皖北破败小镇，开始了我象牙塔时期的诗歌岁月。

象牙塔里最大牌的文艺青年

"静安路五号 我们的一生捆绑在一起",在四川师范大学的时候,我和李家卫、王毓等兄弟发起创建了静安路五号诗社。谈诗论道,指点江山,一头长发飘飘,满腹牢骚不断,成为校园里最大牌的文艺青年。

爱诗如命的日子里,幻想的翅膀让我留下多少荒唐?"女人啊女人 / 你终究得不到这个世界 / 你终究得不到我"(《自白或宣言》),"我将在死后留下一些孤独给这个世界"(《救世主》),把自己囚禁在文字的虚幻里,自我崇高,自娱自乐。生活数次抛弃我,把我赶到荒凉的孤岛,独自舔舐忧伤。七年的象牙塔时光,笔耕不辍,多少个天昏地暗的夜晚,在孤独中痉挛狂欢?"你们最终会沦陷于一座天堂 / 那是以我的一生命名的举世无双的孤独"(《与世书》),"而你只嗅出一个女子的味道 / 浮躁的命运就在指间化作一片缄默"(《惊蛰记》)。青春期的诗歌写作总是给自己制造出一种虚伪的崇高感,沉浸其中,不能自拔,仿佛真的要扛起所谓的诗人的使命去拯救全世界。

凌晨是我的守护神,纸上的旅程有她一路相伴,没有星星与月亮的夜晚,我们彼此相拥温暖。"凌晨五点十分 / 那一盏灯就熄灭了 / 我内心疯狂燃烧的野草莓 / 总有一群热爱她的少年"(《野草莓》)。诗人是世界之光,有人以金钱收买世界,有人以文字建构家园。我是个勤劳的农夫,双手开垦出属于自己的草原,鸟语花香,溪水流淌,青草漫过天空,野花开出梦想……我们在铁炉边燃起簧火，唱起海子的诗歌《九月》；在一个讲座上，当众向前辈诗人发难……少年意气多风骚，我的身边聚集了越来越多的文艺青年，不明真相的女同学开始半夜三更给我发一些莫名其妙的暧昧短信……

西川说，你可以嘲笑一个皇帝的富有，但不能嘲笑一个诗人的贫穷。我沉浸在这种可怕的"崇高感"里难以自拔，坚信自己是象牙塔里最大牌的文艺青年。

和所有的校园诗人一样，我开始自印诗集，并四处兜售希望得到别人的认可。2011年到南京师范大学读文学硕士后，在青年诗人马号街的帮助下，我自印诗集《上帝也是一个怕冷的孩子》，简单的设计，粗糙的内容，但至少于我而言敝帚自珍。《最后的情欲》是在初到杭州后自印的，诗集印刷质量有较大改观。这两本自印诗集凝聚了我青春的最好记忆，缤纷与忧伤熔铸其中，激愤和泥沙俱下……"十五岁开始写诗，有才华不横溢，是玉树不临风。左臂文身，右手伤痕。会弹几首歌，耍耍双节棍。幼年习武，少年复读，青年尚知众生苦。他经常说先成为一个男人，再成为一个诗人。他想让自己尽快强大起来，有能力保护自己的才华和自己所爱的人。所以他一直在赶往庸俗的路上。岂有此理？死有余辜。"从当年这个充满江湖气、学生气的个人简介里，能看出这是一个多么可笑和可爱的诗歌少年啊，他曾经把诗歌当作自己最大的家产，试图拿起诗歌的笔撬开爱情的嘴和生活的胃。

诗歌是我这个贫穷少年的救命稻草。和所有的青春期诗人一样，可能一天写十多首，灵感喷涌如夜晚的梦遗；在潮湿的被窝里，在昏暗的台灯下，他总有写不完的孤独和道不尽的苦闷。仿佛为了对抗青春期欲望和祖传的贫穷，他拿起笔来从身体上挖一个洞，在暗夜里释放这些浑浊奔涌的力比多和廉价脆弱的眼泪。诗歌，从来都是属于青年人的，对于一些体内充斥着大量青春力比多因子的少男少女，对于徘徊在青春十字路口的象牙塔莘莘学子，诗歌往往成为一种提供发泄通道的手淫方式和风雨中一盏飘忽不定的油灯。在肉体饥渴与精神迷茫的双重挤压下，诗歌被迫成为青年人的肉体慰藉和精神寄托。

倾倒而出的巨大情感反而吓跑了诗神缪斯。这种无根基的写作，往往是无效和不可持续的写作，仿佛是架在几根篱笆上的金字塔，表面看金碧辉煌光彩照人，实际上摇摇欲坠，不堪一击。诗歌写作的无根基性必然导致其写作生命的短暂性。一旦遭遇现实压力，最早放弃和背叛诗歌也就是这一类人。这似乎也验证了那个颠扑不破的真理，在队伍里高举大旗把口号喊得惊天动地的人，往往是别有用心的阴谋家和无知的跳梁小丑。

现在每每读到那些年的诗歌，我会忽然落泪，感动于一个纯真的少年在情感的泥淖里无助地挣扎，他绝望的呼喊被压缩在一首小小的诗歌里，遗憾的是，他的全部努力却从未触及诗歌的腹地。

三十岁，以及湖山的礼物

2014年研究生毕业之后，我顺流而下从南京来到了天堂杭州，一头扎进了西湖的诗歌气流里。

钱塘自古是销金窟，佳丽风流之地，自然应是"乘醉听箫鼓，吟赏烟霞"，但是在这座南方山林的城市，诗意倒成了人与人之间的通行证。湖山让我们成为诗人。在西湖之畔，我遇见了一些有意思的人，他们是诗人、摄影师、媒体人，甚至是来自外省的环卫工人。因为呼吸着西湖的气息，他们面庞清澈，内心柔软，像湖畔的水草和花朵，虽然历数千年枯萎凋零，但未曾有一丝颓败猥琐之貌。

江南的湖山滋养了诗人。他们都陆续从湖水里跳了出来，拎着湿淋淋的往事……这群来自外省的文艺青年，无数次在灯火辉煌烟熏火燎的胜利河美食街，研讨那些关于诗歌的韵脚和词汇，以及诗青年的鸿鹄之志……一杯啤酒下肚，我们的青春冉冉升起，成为胜利河畔夜空中最亮的星。

2015年的光棍节，我和青年诗人北鱼组成"鲈鱼组合"，在大运河畔发起创办了诗青年。这群由"80后""90后"青年诗人、作家和文艺爱好者组成的文化公益团队，以诗歌为媒介，以文化为图腾，寻找诗意生活的现实蓝本，组织诗会、文学沙龙、公益观影；发起免费帮助青年诗人出版人生第一本诗集的"青年诗人陪跑计划"，公益出版《野火诗丛》；组建杭州市中小学校园诗歌联盟，多次走进中小学，点燃诗歌教育的火把……

2017年，我与诗人许春夏老师一见如故，集结双木、尤佑、余退、运涛等众兄弟在湖畔写诗，立足于山水人文典范——江南杭州，寄身湖山之间，汲取天地正气，在寒冷而黑暗的夜晚，交换彼此的空旷和孤独。在诗歌式微和出版寒冬的文化图景下，作为一个民间诗群，几年来我们克服各种困难，连续出版五期《新湖畔诗选》，在偌大的中国诗歌场域里发出一点湖山的声音。

2019年9月，诗集《三十岁》正式出版了，这是我正式出版的第一本书，于我而言意义重大。"父亲，这些年你教育我成为一个真正的男人/你说，三十岁的牙齿要比二十岁更加锋利/敢于啃硬骨头吃螺丝钉。这是你教育我的方式/要让我成为另一个你吗？"（《三十岁》）如今我越来越在自己的身上发现父亲的样子，这让我恍然大悟：父亲曾经给我留下一个背影/我却要去寻找完整的世界。每一个写作的人，忽然有一天会意识到，我们要通过写作来完成自己。

青年评论家尤佑把这几年的写作定位为"硬汉写作"，他说"无论是三十岁以前放逐青春的自由激荡，还是定居杭州之后的湖山苍翠，卢山的诗歌里都贯穿着他'铁肩担道义，妙手著文章'的精神气度。近年来卢山已突破了青春写作的艺术方向，围绕着'湖山精神'而建立了中年硬汉写作的'柔软之心'。湖山、怀乡、血缘及纯粹的理想主义构成其诗歌的古典写意；现代、都市、体制及归尘的日常生活又反制抒情传统，由此产生泥沙与磐石、螺丝钉与骨头、爱情与担当……令其硬汉诗学日渐明畅"。从第一本诗集《三十岁》到这本诗集《湖山的礼物》，其中的精神转向和写作美学显而易见已被尤佑兄捕捉。

可以说，诗集《三十岁》完成了青春的"复仇"，而《湖山的礼物》则是对中年的馈赠和奖赏。其中的一个转变缘由是我的工作单位坐落在西湖边的宝石山下，"久在樊笼里，复得返自然"，湖山的气流潜移默化地影响了那个倔强的少年；另外一个因素是江南文化的滋养，尤其是那些具有传统名士风度的诗人带给我的美学辐射力。那个留恋西湖山水的白衣少年，在湖山日课中从一个词根跋涉到另一个词根，蓦然间已攀上了而立之年的山峰。湖山抬高了我们的声音，也阔达了我们的内心。经历了这些年生活的绮丽山水与诗歌的纷乱现场，我试图在江南的湖山之间建立起生命的庙宇，在词语的波浪里打捞出一个苍老并安然的人世。江南的这片湖山，会是我人生最后的归宿吗？

然而每逢节假日，西湖总是要被黑压压的游客攻占的，诗人如同树上的松鼠来不及躲闪，掉落在五颜六色的目光之下。消费文化主导的当下,光怪陆离,鸡飞狗跳,正如诗人叶芝所指出的"一切都四散了,再也保不住中心"。我们随风游离,带着疲惫的故乡和阳痿的理想,期待在钢筋水泥的城市有一小片可以栖身的土地。多少诗人已经放弃了诗歌写作的精神担当和写作难度,反而追求某种欲望发泄般的"过瘾",以报复性的心理采用极端的书写方式,来表达自己对于诗歌和世界的态度。在他们看来"文质彬彬,然后君子"简直就是扯淡,在没有获得一个诗歌奖成名和在市区买一套房子之前,语言的暴力就是最好的发泄和进攻的武器。功利浮躁的写作只会引领诗人走向写作死亡的歧途。

"在他人的眼里,我的作品正如黄昏时刻的云朵和星辰:毫无用处。"(马拉美)但那又怎样呢?因为"我写作,是为了使光阴的流逝使我安心"(博尔赫斯)。众声喧哗姹紫嫣红的时代,一个写作的人在内心深处多了一份宁静与安然。从故乡安徽宿州南下天府成都,折返古城南京后又顺流而下来到天堂杭州,这些年我把诗歌当作自己最大的家产,试图以诗歌撬开生活的嘴和胃。三十岁时我游走于这绮丽的湖山,耽搁于一座饱满的夏天,人世间有多少酣畅淋漓就有多少辗转反侧——这几乎就是写诗和生活的秘诀。我曾在《履历表》一诗写道"江湖远,也没有故乡远/我们虚构出下一个坐标/中年人奔腾的车厢里装着/炊烟与河流"。昨日爱诗如命的翩翩少年已然呈中年大叔臃肿之态,成为生活层峦叠嶂中的夹心饼干,但依然没有熄灭的是内心燃烧的诗歌火把,以及那句"永远年轻,永远热泪盈眶"的青春誓言。

湖山的礼物让人惊喜和感动。作为一个写诗的外省青年,这几年得益于省作协、省文学院,市文联、作协帮助,杭城各位诗友、兄弟鼓励,尤其是负责"新荷计划"的黄咏梅老师的厚爱,我也傆幸地能出版两本个人诗集，在此一并致谢。诗青年和新湖畔给予我写作的栖息地。家人的包容，他们会因为我的写作感到骄傲，这让我非常感动。2019 年 7 月，女儿夏天在西子湖畔出生，丰富了我的写作和人生的更多可能，也注定是我生命里最重要的一份"湖山的礼物"。

当然，写作是一个历史的过程，从不以获奖和出版论英雄。一个写诗的人，总是要有一点历史感的。我会以一生的长度去衡量诗歌，期待在山水和文字的跋山涉水中，带着湖山的礼物，沿着诗歌的绿色索道，愈来愈接近自己诗歌和生命的"道"。

卢　山

2020 年 3 月 5 日　宝石山下

辑一　湖山的礼物

松鼠从窗外递过来的一枚松果
新鲜而且圆满，仿佛是湖山的礼物

我一生的诗篇里，最坚硬的一个词语

湖山的礼物

窗前的松鼠雀跃枝头
摇落一座暮色里的宝石山

白云被一脚蹬开，它的尾巴
描摹一幅故国山水图

保俶路上的夜店陆续从湖水里
浮出金光闪闪的脊背

人们开始打开尘封的身体
邀请黑夜和湖水住进来

我困惑于对这个世界的年度总结
在办公室里幻想，是一次违纪和冒险

松鼠从窗外递过来的一枚松果
新鲜而且圆满，仿佛是湖山的礼物

我一生的诗篇里，最坚硬的一个词语

履历表

江湖远，也没有故乡远
我们虚构出下一个坐标
中年人奔腾的车厢里装着
炊烟与河流

父亲的膝盖里藏着
一座生锈的山峦
他遗传给我，这家族的
耗油老卡车

用双脚丈量河山
无法解决孤独的尺寸问题
一摞一摞的陌生人
在火车票里排着队喊我

我一生的履历表是
一条分岔的河流
顺流而下还是逆流而上
都是他乡

下雨术

初春提前递出雨水的名片
树枝的沙沙声。临湖的窗扉
爬满恼人的小情绪
如水草缠绕湖山的脖颈
老式空调咳嗽一整夜
交出你身体里的水——
提前透支一条河流的命运

在江南，没有一小片干燥的陆地
给苏小小的爱情栖居
我们用湿漉漉的身体拥抱彼此
东风轻轻一吹，就融为
冰雪吐出嫩芽的江河

西湖遇雨有感

雨水落在脊背上
登山的人又慢了一步
这来自天空的神秘力量
是从江河里升起的吗？

雨水让我们听见了
世界的呼吸声
石头里的呼喊　牙齿的松动
都是活着的声音

雨水从天空落下
顺着山峦、古寺和树林
落在了我们的脊背上
像佛珠在敲击尘世的心

春日惊雷

春分后暴雨如注，惊散
垂丝海棠上一群莺鸟
电闪雷鸣中，我喝普洱茶
写一首苦大仇深的诗
三十岁，寄身江南
我才华耗尽，走投无路
如亡国之君退守凤凰山

花褪残红，溪流遍地
不久后将有蛙鸣鼓噪
腰身起伏如中年满腹牢骚
我写下的字六神无主
仿佛一群没有故乡的人
无处躲避深夜里的雨水
在每一阵雷鸣中心惊肉跳

庚子年春，梦回临安

——寄飞廉兄

庚子年，春雷一声响
我身体里的猛虎下山

在梦中，草木翻山越岭
集结成声势浩大的义军

头顶电闪雷鸣，我执笔为剑
骑电动车急登宝石山

远山苍茫，乌云遮天蔽日
如一个小朝廷的穷途末路

湖山之间，溪水横流
漫溢出张沧水诀别的酒杯

春雷不怜人间，落花满地
这兵戈凌乱的临安

飞廉兄，是夜多凶险

你还在写《不可有悲哀》？

凭我等这一介弱书生的残笔
如何安顿这繁华八百年的江南？

惊 蛰

草木翻山越岭，雨水里
细密的茸毛，向晨光发起冲刺

夜晚，稍快于死亡的速度
是我们从腰间盘上抽出的新叶

湖水漫溢出新年的酒杯之前
有人夜读史书，连夜寄出一封长信

春雷拍打湖山的脊背
保俶塔从唐朝脱落一枚松果

新年愿望

翻山越岭，草木深
身体和灵魂总有一个在路上

坚如磐石，仰望星辰
怀里藏着一条热气腾腾的大河

夜晚看天象，晨起听鸟鸣
躺在花园里光着膀子晒太阳

让我热泪盈眶的仍是
永恒燃烧的星辰和花朵

身体抽出更多的新叶
看谁活得更长久

宣　告

杭城多雨，多过我写的信
肩颈劳损的速度，超过雷峰塔
在夜晚抽出的新芽

终有一天，我会和老杜甫
一样胳膊僵硬，抬不了笔
说话漏风，如一条奔涌的江河

我的遗憾是——
我所看不见的那些事物
仍在春天盛大集结
对我发出强硬的命令

暴雨途中

暴雨击中城市的头颅

雨刮器打开一枚血淋淋的落日

女学生们惊诧的脸

惨白如春末的芙蓉花

气急败坏的脾气来自于

道路上那些不规则的私家车

不断受阻于红绿灯发出的律令

我跨上电动车，风雨中

大声背诵金斯伯格的诗歌

青春的齿轮急剧转动

拐弯处几乎超越闪电的速度

林中松果纷纷坠落

如密集的子弹砸向脸庞

我热气腾腾，颈项高昂

迎向闪电的光芒

松　果

春雷击中林间的松果
李叔同从午后的梦中惊醒
胃里一片虚空。湖面升起的烟云
逐渐覆盖砖红色的寺庙

四望无人，保俶塔正襟危坐
如一位静穆的禅者
推门而去，几处早莺啄食
落在台阶上的木鱼声

山中所见

拜菩萨，一路跪下去
诸神高高在上
烟雾缭绕中，这古老的仪式
薪火相传

角落里的野草莓闲适
搬凳子晒太阳
几粒鸟粪落下来
它们眼睛不眨

洞头纪行

汽车驱驰在环岛公路上
忽冷忽热的春天，如一首
在胃里颠沛流离的诗歌
在一个词语的急转弯
我从杭州带来的江南山水
冲出了道路的底线

大海近在咫尺！水汽拍打着
汽车冒着黑烟的屁股
我们该如何描述大海？
人们指向远处的一片苍茫
仿佛隔着玻璃就能握住
大海跳跃的蓝色心脏

我们登上半屏大桥眺望
在诗人们拥抱寒暄的间隙
群雾突然围猎而来
将远山囚禁在一片虚无中
从桥下色彩斑斓的小镇
漫过我们头顶的一片惨白

我们联系多年却又相见恨晚

说话的声音将雾气一次次推远

在仅有的片刻沉默中

汽笛声穿越半屏大桥

一艘货船缓缓驶过

在我们的身体上轧出

一层层中年的苦涩水痕

半屏大桥遇钓翁

薄雾中见一钓翁，皮肤黝黑

如登陆海岸的石斑鱼

潮湿的气流围绕他

吐出一些大海的泡沫

他一手握住钓竿，另一端

　的渔线从大桥上垂下

如细长的雨柱

这数百米的渔线！

一定是一道挤出云层的月光！

波浪翻涌着诗人们的激情

群雾吐出一些货船惊鸣

都不妨碍他端坐

如一块海水里的礁石

仿佛他身体里的意志力

都完全注入这一根细长的渔线！

他的律令和想象通过这条导火索

在大海深处煽动一场风暴
晚风中这时光的传感器
从不弯曲。而迷雾中的事物
往往上钩

拯救
——给麦豆

炎热沙滩上的诗会，词语的波浪
卷起一座半屏山。黄昏时分，诗人们
翻过主持人字正腔圆的舌头
聚拢在小岛的一家餐馆
人们聊着又咸又腥的诗、沙滩美女
试探不成文的规矩和忽冷忽热的友谊
在一盘丰盛的海鲜中
你发现一只气喘吁吁的小鲍鱼
栖息在一块比它还小的贝壳上
像婴儿抓住母体。这伟大的皈依
几乎超越了地心引力！
在这诗意澎湃的晚宴上，我的兄弟
你竟然听到了一只小鲍鱼的心跳！

我们以完成一首诗的坚决
穿越这一小片山峦和海边的月光
将它重新放回大海
这几乎是一次惊心动魄的壮举
对于这只幸存的小生物而言

我们仍无法确认　它是否能挨过今晚

并得到大海的庇护

如我们写下的诗歌，能否找到

一个伟大的读者？

仿佛我们完成了自己，这就是

写作的一切！我们伫立海岸

潮水带着狂暴的力量

一次次冲上沙滩，仿佛要将我们

和这只小鲍鱼接回它的领地

宿壹号码头

推开窗户即远山，翻过远山是大海
凌晨的海岛，公路上没有一辆汽车
草叶上几只蚂蚁搬运星辰
海浪的吞吐声里，礁石的咸度
更加深入骨髓

此刻，那些在大排档喝酒的年轻人
身体里还涌荡着大海的秉性
码头上空无一人。月光一如往常
大海的背鳍闪闪发光
是一座银色的半屏大桥

当雪成为雪时

下雪的时候，我在房间里
写几个字，并没有饮酒
美团外卖消化掉了
我青年时代的理想主义

写作和下雪具有同样的意义吗
这些不断膨胀的情欲和胃
开始起义，在这个黄昏
突破了天空的防线

当天空落满雪时
我应该写作来呼应这伟大的时辰吗
一生遭逢几场落雪
可以让生命的白更白

是什么力量让树枝折断
提醒我节节败退的脊椎
街道上被大雪覆盖的部分
是否更接近于生活的二维码

楼下此起彼伏的鸣笛声

应和这时代之雪

当雪湿润一把老锁

西湖就打开一场旧梦

在雪地艰难行走的人

隔着玻璃轻轻敲门

我从未走进雪

却受制于它的寒冷

登望宸阁兼怀文天祥

当我们进入半山地界，被潮湿的气流蛊惑

热血奔涌如冷风中壮怀激烈的石头

穿越工人新修建的栈道，有人眺望

山下巨大的钢铁厂，如巨龙盘踞山脚

更多地在笑谈一个小朝廷的半壁江山

刀剑藏于热气腾腾的怀中，诗人们

怀揣着四月的春色攀援而上

进入草木和黄昏的秘密腹地

进入词语和血的盟约。

望宸阁下我们读诗，映衬这江南的

广阔山色。再邀请几只飞鸟

为我们加冕一轮不合时宜的新月

晚风一次次扩散我们的声音

这声音加速了刀剑出鞘的速度

当我们用手推开眼前的一片薄雾

暮色深沉如一位英雄的穷途末路

头顶的风铃忽然陷入某种神秘的沉默

我们都将进入时间更深刻的一部分。

城下十万灯火，望宸阁正襟危坐。

大地辽阔，被刀剑削平的青山再次耸起腰身

在这里没有一块石头是温顺的

因为它们都沾满了血，英雄的血。

御茶村抒怀

群山起伏如一个王朝的喘息
在御茶村，盛夏的烈焰中
我们咬着青春的小齿轮
攀援而上。野花蹿起一簇簇火苗

催促人们掏出怀中的兵戈凌乱
再组织一批热气腾腾的词语
将一个诗意盎然的小朝廷定格
在这一片辽阔的茫然和茶香中

宋六陵埋伏在我们四周
等待下一次华丽的跃身
我吞下的抹茶饮料已在胸腔
骤然翻滚出千军万马

大地活色生香，隐藏了多少
暗无天日的秘密？群山正大张旗鼓地
吐纳出它的焦灼和烈焰
如我紧贴肌肤的中年危机

宝石山之秋

十月盛大，秋风翻越宝石山
在湖面颁布一道季节的法典
气流的转换加重了我们的脚步
那些即将远去的，我们还会
有机会再见吗？窗外的那只松鼠
是否已经退回一幅南宋的山水画？
暮色的马群奔涌向我的窗口
在造物的辩证法里，我燃起的
诗歌火把也终将会熄灭吗？

我相信在这些悄无声息的转换里
一定有某种来自湖山的神秘佑护
比如苔藓在石头里孕育春天
情人在离别里准备相见
比如在妻子和女儿熟睡的时候
我拆下肋骨和筋脉
用文字为她们建造一个
固若金汤的梦中家园

宝石山抒怀

案牍劳形，腰肌劳损

己亥年已尽，伫立窗边遥望宝石山

黄昏浩荡如小皇帝的大好江南

落叶起伏如中年人的叹息

山顶的那片金黄是不是

来自遥远天边的终极布道？

晚钟击落几枚松果，拾级而上

抱朴子①藏于怀里的不是兵书

而是云蒸霞蔚的一个小小的丹炉

我从皖北小城而来，此生谁料

江淮子弟也寄居宝石山下

山穷水尽之处，可否借一枚落叶

穿越这暮霭沉沉的湖山气流？

三十二岁，受困于宝石山

写文字为稻粱谋，满腹牢骚

藏于一封体制的档案袋

---

① 葛洪，字稚川，自号抱朴子，东晋高士。相传葛洪在宝石山葛岭上修道炼丹。

大雪来临之前，还有多少光明

值得抬起仰酸的头颅？宝石山啊

当我燃尽最后一根骨头

那来自唐朝的信使

是否已摇响春天的驼铃？

湖山的气流

——记新湖畔龙坞诗会

沿着城市的密集肠道穿行
老旧的中巴车里盘踞着诗人
他们没有交换金光闪闪的名片
这些汉语的良心主义的旁观者
说着脏话　交换身体里的气流
在口袋里的词语冲出红灯之前
忽然给我递过来一根烟

用诗歌标注一个叫龙坞的地方
在杭州的城乡接合部，诗人们
从自己的黄金时代跳伞而来
长埭村的氧气充足，足够用来
全身心地热爱和大胆地深呼吸
植物们喷发出喜悦的轰鸣声
绿色的闪电以及心脏的起伏跳动
应和这被苍茫托举的远山

湖山之间，他们大声朗诵诗歌
这些陈年佳酿的老伙计们

按住身体里松松垮垮的喇叭

用仅存的几根火柴，擦亮漫不经心的齿轮

试图再次冲向理想主义的山峰

万物都是亲人①，如果他们大喊一声

能否推开这个时代的雾霾？

在冬日的气流转变之前

一场诗会又能拯救什么？

那些从空中纷纷坠落的树叶

是百年前在湖畔写诗的少年

匆忙寄来的湿漉漉的贺信吗？

还是诗人的呼吸穿越雾霾

所击中的"最后的胜利"？②

---

① 《新湖畔诗选：万物都是亲人》主旨诗句。

② 化用里尔克诗句"没有什么胜利可言，挺住就是一切"。

自愈者说

没有一个春天不会到来，山顶的积雪
在大地上涂鸦它的意识流。
晚风吹过他身体里的裂缝，
年久失修的山峦，泉水涓涓流淌。

吃地黄丸，戴着口罩读史书。
夜晚的触须从他的身体里长出来，
这些从坟墓里蹿出来的野花，
悄无声息，又不顾一切。

春日来信

春风十里，江河日下
远山再次以苍翠耸起脊背

他于黑夜里伏案写一封长信
溪水所到之处，大地内部的脊椎节节败退

游　泳
——和白甫易

青山环抱这片湖泊
山脚的几处旧民居，檐牙高啄
像湖畔随时准备飞翔的白鹤
而窗扉紧闭，台阶草木茂盛
想必临水而居的人做梦去了

我们追赶着初夏的黄昏
耽搁于道路两旁的虫鸣
在湖边卸下身体里的云层
一个鱼跃，将我们的一生
投身于萍水相逢的湖泊
在波浪与波浪的撞击中
我们打开年久失修的身体
邀请湖水做客每一根血脉

此时，头顶星辰隐现
而浮生若梦，三三两两的树木
在晚风里吹起口哨
将鸟鸣洒满湖面

山水盛事

——赠白甫易

西湖之畔，我们练习做梦
读诗书，行万里路
把江南和漠北装进奔腾的车厢
又从湖山的衣袖中抽出唐宋的画卷

行走和写作是一生的事情
当我们拿起纸笔，便是李白
便是杜甫和白居易
也便是江海寄余生的苏东坡

尘世的泥淖扑面而来
身体里的山水足够用来游泳
你腾跃而起的一声长啸
击退了黄昏的十万清风

盛夏之夜蝉鸣起伏
交织一张湖山的履历表
雨水之后蛙鸣鼓噪
便是临行赠别的将军令

用身体丈量河山

是读书人一生的宿命

头顶的星辰闪耀

当我们写下诗歌

——便是不朽的盛事

有 关

每一次风雨的二重唱或者双簧戏
都来自于我身体里的气流涌动
白昼和黑夜呼应着我身体里的山水
晨曦与日落的辩证法里
我是必须路过的地平线

蚂蚁的尖叫，我也在喊疼
一朵野花的甜蜜心事，缘自我在夜里
悄悄写下的一首情诗
大多数时间里，我的神经上跑着
一列开往成都的绿皮小火车

那街头巷尾的，每个人都与我有关
我呼吸着我们共同的呼吸
我还活着。我的往事还活着
在这个世界上，我还以一种
老年健忘症的方式
爱着一些人

四 月
——四月是残忍的季节吗?

四月的蛇缠绕着我

一个个写作之夜

她勒紧我逐渐肿胀的中年

春雷漫过宝石山

击落几片唐朝的花瓣

也无法撼动我手中的笔

每一次艰难的呼吸

吐出的这些颤抖的语言

是她迷人的风信子吗

像一个在生活里的溺水者

人们向上帝呼救

诗人要坠入地狱

节日的意义

唯有春节能让西湖瞬间变得辽阔

飞鸟穿越湖面灯火，搬运灵隐寺的钟声

北山街的灯笼如历史的幽灵

一夜间从水底长出来。风声过处

残荷耸立如文天祥的硬骨头

湖畔缓行的几粒行人，耽搁于白堤柳色

应该拿出昨夜临安旧梦，对换一场

十万里河山的江南落雪

当黄昏为宝石山披上一件袈裟

河流里就有人回到故乡

更多的漂到没有名字的地方

春天到来之前，我内心的猛兽尚未苏醒

如一场雪藏在山中。我们都要屏住呼吸

年关已至，母亲的一声呼唤

会在湖山之间引发一场雪崩

湖畔即景

冷空气还没有发来电报
我热爱的人间还能多逗留一会儿

大地上铺满阳光，像堆满银色的雪
不能奢望太多了，如果能和野猫们排着队晒太阳

在湖畔饮茶的人，如西湖里慢吞吞的鱼群
他们都有着热腾腾香喷喷的身体

通过考试是无法得到的——
西湖、宝石山和暖冬的阳光

湖山记

山水从游客的身体里
抽回唐宋的画卷
被历史熨帖过的石头
是诗歌中难以下咽的词语

钟声里莲花盛开，虎跑凶险
我们用一生拾级而上
山下有人道别，面如死灰者
念经和哭哭啼啼的小儿女

午后一阵细雨
苏曼殊小憩归来
蝉鸣落满案头，青荷明净
湖水又涨了一寸

阳光的布道

我相信阳光下的这个世界是真实的
都是我伸出双手摸得到的
初冬的暖阳打开屋顶上野猫的身体
怀里的梦被焐热了。冒着热气的建筑工人
在雾霾里大口吞咽幸福的早餐
母亲的菜园里，红辣椒吹响炸裂的集结号
操场的护栏上挂满女学生们的被子
这花花绿绿的世界，让上帝也成了一个
迷失人间的大学生

多好啊，十二月的阳光正在布道
我们一次次从梦中醒来，在每一天
还能拿出那些被阳光晾晒的东西

冥 想

我的一生的归宿是什么

在文字里搬弄是非的

一个蹩脚的三流诗人

一个两鬓斑白的小职员？

嘿　我的手上沾满了油墨

那是黑夜里涌出的后遗症

还是年度总结里蝙蝠的咳嗽？

我在宝石山下有一间办公室

湖水会时不时打湿我的裤脚

抽屉里锁着一些诗集

通常他们都会给我签名

这些远道而来的热乎乎的友谊

比美的空调还要管用

但我浏览不了更多的网页

像一个西湖的潜泳者

受困于暗礁和水草

他们派工人给宝石山打满补丁

有时候几只小松鼠悄然登场

摇晃一棵营养不良的苦楝树

多好啊　这湖山的礼物

苏东坡和白居易的礼物
在枝头跳跃像几个感叹号
又忽然用力一蹬雀跃而去
给我的冥想盖了一枚公章

春天的献辞

蝙蝠如压低的云层

居民楼是一座孤岛

疫情在身体里排着队喊口号

向晚的窗口紧闭

如人群戴上硕大的口罩

远处的小学校空无一人

几只麻雀在林间欢跃

啄食节日的意义

黄昏来临，万物披上光辉

阳台上的山茶不经意间吐出

一朵提前到来的春天

我合上手中的诗集，刚七个月的

女儿已在我怀里熟睡

迎向造物的无限光芒

一枚喘息的星球

在遥远的海面升起

节日的祝福

这个危险的春节，寺庙打烊

众神戴上厚厚的口罩。高速公路封路

我写给你的信，卡在疫情检测口

西湖和运河是寂静的。我的城市

从未如此辽阔，而朋友圈却异常拥挤

人们邀请来霍去病和辛弃疾

也抵挡不住病毒如春草，在文字里破土而出

"但有危险的地方，也有拯救生长"①

那么让我们举起酒杯，遥远地祝福彼此吧

祝愿大地春回，祝愿中国平安

_____

① 引自荷尔德林诗句。

这里的寂静

这个春节是寂静的，人们戴上口罩
在朋友圈里举起悲伤的酒杯
呼吸变得更加困难了，没有雾霾的冬季
我们的缄默如一座深夜里的宝石山

将祝福的声音压缩进一行行文字
担心惊扰潜伏在口袋里的蝙蝠
那么，节日的意义是什么？
如果不能给予亲人一个拥抱

这个冬天，我的城市从未如此寂静
当星辰在头顶闪耀，我听得见
写信的落笔，西湖飘下的簌簌白雪
和这片土地热烈起伏的心跳

春日所见

暮霭遮住群山，如疫情给人们戴上口罩

在黄昏的无限沉默中，死亡玩起积木游戏

打开手机就像打开一个灾难现场

小道消息掀开它强大的祖国，像青草打翻一块巨石

从新闻里的数字里拧出血来，我的叹息没有波澜

夕阳失魂落魄仿佛一只被惊扰的松鼠

匆忙退回群山。紧挨着办公室的窗口

苦楝树上的鸟鸣缀满枝头，又瞬间归于平静

这是三月，山的另一边积雪正在融化

湖水沿着我们的裤脚升起

黑夜会再一次捎来星辰和春天

樱花直播

　　受庚子年疫情影响，武汉大学决定进行前所未有的网上直播樱花盛况。

武大的樱花开了。滚烫的肉体气势汹汹
像是校园健美操大赛上的女大学生。

东风的哨音一响，她们就从枝头炸裂出
一个热气腾腾的春天。

几只早莺在直播间里，叽叽喳喳上蹿下跳，
仿佛别有用心的男裁判。

庚子年春，独对宝石山

庚子年暮霭沉沉，将离别定格
在宝石山的流霞之上
我向晚而坐，在空洞的办公室
从身体里掏出一些陈词滥调
做一次艰辛而悲壮的年度总结
如一个在山洞里修禅的老者
受困于对这个世界的想象

请告诉宝石山，我并不是什么诗人
虽然这个危险的称谓常常蛊惑那些
藏在我年轻的胸腔里的群山和雷霆
到此一游的朋友啊，这些日子里
谁曾看见我燃烧在冰冷湖底的火焰？
像少女紧紧按住她羞涩的乳房
我必须给雷峰塔的钟声戴上口罩

伏案劳形勾兑儿个字，一杯陈年苦酒
鄙人先干为敬。另一杯再敬献给
那些一把辛酸泪都为稻粱谋的兄弟
可曾见苏东坡大醉，苏小小夜奔？

去年杭州大雪，我独登宝石山
星空下长啸《行路难》，狂饮《将进酒》
好一个书生意气，指点城下十万灯火
将满腹牢骚托付这片江南的大好湖山

树影凌乱，北风是一个送别的人
在黄昏里拉紧群山的马缰。雪退回云层里
酝酿一种情绪，以辽阔的寂静轻叩我的额头
东坡兄请多保重，葛洪先生后会有期
我黄昏时分的完美情人——窗前的松鼠
通往天山的路上，请给我寄来——
西湖的柳色东风　宝石山的流云闪电

辑二　中年之诗

一个不被生活公开的写作者
如何安顿内心恒久的潮汛？

中年之诗

夏季暴雨如我倾盆而出的悲伤
己亥年观天象，写杂诗
满腹牢骚随腰身起伏
像是远处鼓噪的蛙鸣
江南的雨夜漫长
一个不被生活公开的写作者
如何安顿内心恒久的潮汛？

遥望北方，电话里的父母渐老
肩膀上的故乡老旧，不宜久居
而往事的稗草野蛮生长
相忘于江湖却又在朋友圈相见
命运的讽刺多于所谓的缘分
文章千古事，我写不出
让诗歌编辑满意的句子
常年的伏案让我的脊椎
节节败退如中年的山体滑坡
饮酒皆无味，没有人在今夜
给我寄来一杯李白的月色

夜读史书，苏东坡当年入杭
也遭遇这般黏人的夜色？
而我终不能泛舟湖上
赚得满舱大珠小珠落玉盘
群山静穆之处，蛙鸣扑朔迷离
孕中的妻子在侧，她从未如此
严肃地跟我探讨生活的意义
并准备马上在我们的爱情合同上
盖上一枚响亮的公章

种牙术

给中年种下一颗牙

种下老虎的咆哮

让他一生敢于啃生活的硬骨头

吃体制的螺丝钉

开门见山，见大世面

说话不漏风，捕风捉影的人

抓不到他嘴巴里的风筝

父亲没有遗传给我的骨头

用一颗螺丝钉代替

我说话够硬　从不服软

一颗种下去的牙齿

我一生的诗篇里

最坚硬的一个词语

火化时　烈火难以下咽的

一根硬骨头

己亥杂诗

午夜，一阵春雷冲入他的梦中
三十二岁被击落一地，如从宝石山的
脊背上滚落的一块石头

梦里回到故乡石梁河畔，禾苗过膝盖
他在潮湿的泥土里叩首。祖先的坟墓高大
草木淹没他肿胀的身躯

夜不能寐，眼角生出青草隔夜的露水
伏案执笔，己亥年读古诗
春夜虫鸣渐似龚自珍的叹息

山茶花从故乡移植而来，或许晕车
醉卧阳台，仿佛睡熟中待产的妻子
她硕大的花蕾，即将绽放在清晨

己亥年，夜雨返杭

己亥新年入我怀

入我混乱的灯盏和酒杯

三十二岁，欢迎你冒雨而来

提取生命的利息

且坐下，不妨我们干一杯

家乡的酒菜怡人

不含添加剂，不含苦大仇深

适合一饮三百杯

徽州环山路上夜奔百里

雨刮器不断打开又删除

连绵起伏的远山苍茫

春夜，在雨水里忽见老杜甫

在高速公路旁挥动朽木之手臂

消瘦如晚唐的方寸江山

来不及刹车，雨水的烟云里

我的青春和他的时代已经翻篇

雨水停止喘息之处

入杭城。妻子酣然入梦

外面的雨水聒噪，老卡车的

马达上长着舌头，让她困倦

唯车内立足之地寂静

天色明朗，在她起伏的腹部

盘踞一座辉煌的宝石山

此时，湖面已涨满春水

波澜一次次将晨光推远

春日遣怀

——寄卢书备、张绪礼

春潮翻卷如营养不良的胃
从我的身体里吐出几朵花瓣
夜幕沿着湖畔深一脚浅一脚
像北山街醉酒的苏东坡

眺望北方，从石梁河一路南下
少年的马蹄声里藏着凌云志
成都、南京和杭州，江湖路远
却都是命中注定的码头

三十岁骨鲠在喉。少年意气
和坏损的脊椎节节败退
唯有腰围肿胀如读书人的虚无
提醒我们中年的重量

父母渐老，白发缠绕
我的脖颈。多年的离别让我们
习惯在想象中安置彼此的生活
并且客气如久别重逢的朋友

我已经离故乡越来越远

如一缕闯入城市的炊烟

好几个清明，我终不能

跪在祖先的坟前痛哭一场

今夜星辰依然闪耀

孕中的妻子已经睡去

她恬静的呼吸里

落满了故乡的山茶花

春夜闻惊雷感怀

春分后一声惊雷，冲入我的梦中
便起身喝菊花茶，读《传习录》
安抚我身体里的一群猛兽

电闪雷鸣中，湖山遍布险峻沼泽
离开故乡多年，我率领疲惫的肉身
翻山越岭，亲历生活的凶险

头顶惊雷阵阵，此后龙蛇苏醒
草木催生离别，黑发占领白发
湖山之间多春风，多出门踏青的苏小小

雨水渐歇，落叶如中年人的叹息
纸上湿了一片。香樟树的气息
推门而入，带来远方故人的问候

献给孩子

1

城市起伏的噪音，穿越冬日的树林

推开窗户的，不是远方的故人

街道上凌乱的灯火下，埋首疾走的异乡人

他们的争吵里，流淌浑浊的泥沙

在黑夜关闭窗户之前，我抬头

寻找一颗明星，再一次双手合十

孩子，对不起——

你在母亲的子宫里熟睡

我给你准备了一个并不完美的世界

2

阴冷的天气，比房地产商的脸更加灰暗

落雪之后，没有故乡的人

是湖畔一棵孤零零的苦楝树

在天黑之前，摊开稿纸写几个字

从一个词根挪向另一个词根

小心翼翼地试探　你的湖泊和雪山

这艰辛而伟大的走向你的长征！

3

生锈的山峦在中年的身体里
埋伏险情。脚下的河流起伏
哪一条才是通往你的路径？

夜读谭嗣同，春潮将黑夜推向远方
虫鸣如一个王朝的叹息
我青春的遗憾似明月高悬

如果你忽然命令我摘下星辰
三十岁就有慷慨赴死的勇气

4

妻子微微隆起的腹部
是黄昏里明亮的宝石山
那里藏着我一生的秘密

在这座辉煌的宫殿里
即将举行一个伟大的加冕仪式
任何一首诗歌都显得暗淡
不如一个婴儿的第一声啼哭

诞女记

——2019 年 7 月 1 日，小女夏天生于杭州西子湖畔

这耳鬓厮磨的梅雨季节

小情人的肌肤上粘着杨梅的酸涩

湖山之间流水不绝于耳

这年复一年的潮汛如我们

连绵不绝的危机感

我枯坐医院的角落

静听雨水每一次的峰回路转

如一位宝石山上的禅者

默数着落满台阶的木鱼声

三十岁时我游走于这绮丽的江南

耽搁于一座饱满的夏天

人世间有多少酣畅淋漓

就有多少辗转反侧

这几乎就是写作和生活的秘诀

亲人们聚拢在我的身旁

握住我的手臂。穿越焦躁的人群

一声婴儿的明亮啼哭

如滚过宝石山的巨雷

击中我混沌的中年

夜宿九里松

七月的蝉鸣起伏，拍打行人的脊背
红色的宣传语和结满屋顶的果实
将天空的云层拉得更低
江南的雨水倏忽而至，不远处的
宝石山拨弄波浪和云朵的琴弦
有人埋首疾走，在急诊室窗口
急忙交出身体里的病历本

在九里松，我们安顿下来
黄昏的绿色声波传导出
一个盛大的夏天。当雨水熄灭
一盏盏路灯，我们关好门窗
赶走病房里摇晃的树影
在妻子的怀里，一枚呼吸微弱的星球
从湖面的地平线悄悄升起

西湖之盛夏

绿色的声波结满红色的果实
我们如此幸运,将生命里的山水
安顿在苏东坡的西湖之畔

蚊虫的夜店里狂欢躁动的盛夏
草木的媾和里大汗淋漓的盛夏
雨水的发生学里放浪不羁的盛夏

都不如我的盛夏——
如此迷人,令人困倦却又深陷其中

午夜,小女夏天的一声啼哭
仿佛一道闪电穿越宝石山的云层
击中我混沌的中年之梦

病房里的献诗

今夜，我不愿意浪费时间去写诗

任何文字都无法承受这份喜悦

所带来的神秘力量

今夜，我不属于任何人

皇帝发号施令都无法撼动我脚下的土地

我只愿寸步不离守护在病房

让我的目光像月色一样

一生一世温柔地照耀在

妻子和女儿的身上

道在屎溺

这个夏天，为女儿换尿不湿

成为我的日常工作

写诗并没有这项技能更加娴熟

更能得到亲人的认可

这逐渐学习的过程中

我和女儿度过每一个黄昏和黎明

在这些悄无声息的生长里

我忽然找到了诗歌的道

我写下任何的文章千古盛事

都不如女儿每一次纯真的微笑

我愿意用我写诗的双手

为她创造一个清白的人生

她的每一次深情地召唤

都如宝石山的惊雷

提醒着我努力成为一个

被她所需要的父亲

平凡的一天

妻子抱着女儿在阳台上晒太阳
她试图抓住这一日里最后的余晖
连日的蛰居生活让她困倦
并不断消解了她少女的成分
分泌出一个母亲的味道

"万物生长靠太阳，你看吧
我都快在雨季里发霉了"
窗外蝉鸣起伏，她望向远方
对比她身体的每一次沦陷
她更惊讶于这个世界的点滴变化

妻子在这个几平米的地方来回踱步
雨季刚刚过去，她的皮肤上
还残留着落花的芬芳
晚霞含情脉脉，正在为人间
分发金色的晚餐

我所热爱的人间

周末的下午，妻子在阳台上哄娃
那些她童年里的故事复活了
女儿专注于睡眠，她的每一次呼吸
都增加了世界的重量
受困于对这个世界的想象
我坐在书桌前写诗
岳父从沙发上忽然坐起，当他看到
金正恩宣布的一个重要决定
岳母喜欢把自己关在厨房里
艰难地研究月子餐的食谱

我远在北方的父母呢？
他们慢慢褪去盛夏的色泽
父亲摇着蒲扇，母亲攥着手机
正小心翼翼地拨弄我的电话号码
草木准备做梦，昆虫穿越露水
坟墓上开满野花，出远门的
爷爷奶奶正在天上看我

秋风吹过田野，石梁河水哗哗作响

给人们送来生活的银子

天黑之前，我用力写下这些诗句

便是我一生所热爱的人间

育儿记

妻子温暖的臂弯里，水面如黄昏般宁静

群山和树林在暮色里退去

鸟鸣开满头顶的星空

妻子低吟一首摇篮曲

晚风摇晃湖心的一盏白帆

盛夏已经落幕，秋风正扬帆起航

写公文

湖面的秋风宣告，这世界叙述模式的转变
天黑之前，腰肌劳损的齿轮更进一步
提前抵达中年的预定位置
在办公桌前，卡在几个庞大的词语之间
我兵败江南，在刀笔吏到来之前
我轻声呼唤女儿的名字

礼 物

——献给女儿夏天

女儿，今天你正好七个月了
来到这个世界的第二百一十五天
对这个世界，你还满意吗？

杭州西湖、宣城篁嘉桥和
父亲的皖北小镇石梁河
我们与你分享生命中的山水
落日和黎明里，你的每一次微笑和啼哭
都是命运对我们的奖赏

女儿，在疫情蔓延的日子
我们一家人蛰居在杭州的这间房子里
就在此刻，当黎明的第一缕阳光
推开我们的窗户，全世界
都向你投来了祝福的目光

女儿，今天你七个月了
我并没有给你准备什么礼物
如果有翅膀，我就可以摘下星辰

当积雪融化为归乡的小路

我就给你写一封关于春天的长信

现在，我只能在心里一次次默念你的名字：

夏天，夏天，祝你健康平安。

严重警告

这个春天，我从身体里

抽出多少新鲜的词语

都无法匹配你每一日的新奇

当我出差回来，推开房门

女儿，你坐在地板上

拿着积木对着我笑

仿佛在命令我为你打开

这个魔幻世界的大门

又忽然嘟着花苞初放的小嘴

发出啊啊啊的警报声

此刻，你的山林震怒

奥特曼们紧急集合

对一个闯入你领地的陌生人

发出严重警告

春日山居

春雷一声吼，穿透云层和宝石山
如我身体里沉睡多年的猛虎
突破月光的防线，急速下山

春分后，草木茂盛，我即将远行
暮晚，读飞廉诗集《不可有悲哀》
写诀别书，不觉老泪三四滴

左公在天山手植杨柳三千里
而我此行能否带去江南的春风？
头顶惊雷催促，马蹄声声
雨水里湖畔那棵苟活多年的
老树终于轰然折断

妻子劳顿，侧卧卷帘
如一株忧伤的山茶花
九个月大的小女儿，不识愁滋味
一片惊雷中，贪吃西瓜

晚安书

疫情给世界戴上巨大的口罩。

黑夜里此起彼伏的呼吸声。

我坐在杭州城西五楼的房间里写诗。

妻子练习瑜伽，八个月大的女儿

进入野草莓般甜蜜的梦乡。

我们都在各自的位置上，

维护这个夜晚的某种平衡。

这是江南的三月，窗外

湖水漫过青草的膝盖，

春天推开帷幕，递过来一束山茶。

中年书

大雪降临之前，我用写作迎接黎明的那一道光
女儿的呼吸为我铺开今生的稿纸。
在词语的艰难跋涉中，我看到了——
我的祖先们排着队来了。在那光芒之上

不速之客

在午后的阳台上，我撞见这些
来自遥远星球的不速之客
在阳光里舞蹈，又不断降落的
灰尘，你们是时间的碎片吗？

仿佛是我的身体，在这个春天
急速脱落的一部分，又像是
一些死去多年的亲人，重新回来了
升起又降落，闪烁又熄灭
在这个午后，充满了我的一生

写作的意义

深秋的写作之夜

虫鸣起伏，如中年的叹息

腰肌劳损更进一步

缪斯女神从未抵达

头顶明月高悬质问我

写作的意义是什么？

这些中年的满腹牢骚

能否对换明日的早餐？

我不写期盼世界和平

我写下愿亲人们梦里

拥有月光和清风

女儿在妻子的怀里

发出微鼾的声响

如果她们突然醒来

会不会感动于这个

白天被做牛做马的男人

在深夜里变身守护神？

她们宁静而安详的呼吸
仿佛是对我的一种奖赏
让我写下的每一个字
都具备了伟大的意义

写作的荣耀

现在，他终于无话可说了
放下笔。一番慷慨陈词之后
他如刑场上引颈受戮的嵇康
将一把千年古琴丢于风中
整个下午，想象力的严刑逼供
他已交出身体里全部的江河
书桌上，词语堆积，如苍翠的青山
如凡·高头顶浩瀚的星空

他起身离开书桌，推开门
走进另一扇门。那里
妻子炖好一锅热腾腾的黄昏
厨房的炊烟和夕阳，穿过空气里
微小的缝隙。所捕捉到的事物
带着温婉的说教，扑面而来。

未来的一天

我终究无法克服这黑暗地心的引力
身体里山体轰然滑坡，在一个寒冷的雨季
我是离开他们太久了。

再也没有人骑着白马赶来援救。
我的朋友们忙于修路，我的情人们写好祭文

这些因写作而逐渐弯曲的脊椎
这些对生活不曾打折扣的骨头
要么投身孤狼之口，要么埋葬星空之下

罪己书

我有罪

当我在黑暗里坐下来的时候

头顶的星空

不等你开口质问

我就要坦白我全部的一生

我有罪

我对美丽的女人心怀幻想

抽屉里还锁着一封没有寄出去的情书

我有罪

我曾把金碧辉煌的诗歌披在身上

我曾在酒桌上干掉一杯杯

虚伪主义的泥浆

我有罪

我逐渐肥胖的中年身体

浪费了太多的粮食

我慷慨激昂的谎言

消耗了穷人的空气

我甚至对不起这片树林

我写下的文字

无法复活它们的生命

我有罪

我无法把故乡的大柳树

移植到杭州的小区门口

父亲啊，养儿无用

我不能给你敬一杯酒

点一支烟

我有罪

那些我所看不见的事物

我无法一一说出你们的名字

我有罪

我要对着上帝　真主

玉皇大帝　菩萨　佛祖

——忏悔

在我死后

隔离者的修道院

关闭门窗，我的世界不过是脚下的立锥之地。
拒绝访友，"不认识的人就不想再认识了"①。
十四天的隔离算是一次短暂的辟谷吗？
这一天终于提前到来，我们都必须
坐下来和自己谈判。在这座疾病的修道院里
我们端坐笔直如认真上课的小学生。
开始学会热爱，和往事握手言和，
打开一封封信件，在黑暗中擎起火把，
走遍身体里的每一片山水。
以疾病的名义，我们从未如此抵达过自己。

这个危险的春节，窗外的烟花怂恿着
细胞里汹涌泛滥的病毒。我扶起沉重的肉身
沿着文字的阶梯，试图摘下头顶的一颗星辰。
此刻，这个城市足够宁静，轻薄如我们的
每一次艰难的呼吸。如果我闭上眼睛
黑蝙蝠从血液里急速冲出，神经上奔突着
一列开往故乡的小火车。那里月光温柔地照耀

---

① 引自王小妮诗句。

梦里的河流，屋脊上的白雪捎来亲人的问候。

当春风寄来潺潺溪水，断桥上柳色如烟

打开房门，阳光扑面而来，我轻如一粒浮尘。

写诗的理由

这个危险的春节，连空气都不足以信赖
我们戴上口罩，举起节日的酒杯
祝福远方的亲人和朋友

武汉封城，高速封路，疫情攻陷我们的朋友圈
仿佛一夜之间，病毒开始在文字里蔓延
我怀疑风，怀疑水，怀疑呼吸的每一口空气
却从不怀疑诗歌

当病毒在中国人的身体里哈哈大笑的时候
写一首诗能给它戴上口罩吗？

1998 年的特大洪水里，我们写诗
2008 年的汶川地震里，我们写诗

有人说，奥斯维辛之后写诗是可耻的
洪水滔天，山崩地坼，我们仍要写诗

写可耻的诗，写无用的诗
写不卑不亢的诗，写坚贞不屈的诗

大年初三的夜晚，在一场雪降临之前
我铺开山河，举起灯盏，写诗

为夜空的每一颗星辰，为清晨的每一缕阳光
为武汉城中我的每一个兄弟

暮冬寄北鱼

这个冬天没有雾霾，我们仍戴上口罩
艰难呼吸着房间里稀薄的空气
你说你从疫区温州返杭，主动居家隔离
你会写一首儿女情长的诗吗？把一封长信
接连到溪水潺潺的春天。或者做几个俯卧撑
给中年的庞大身躯以致命电击？
我说鱼兄，在疾病的修道院里
我们都是正襟危坐的小学生
在拿到一张关于生命的毕业证之前
不妨我们举起节日的酒杯
向头顶的月亮致敬，祝福春天不再生病

遥想甲午年"双十一"，两个外地青年
受困于运河水，受困于三十岁滚烫的肉体
站在拱宸桥头，振臂一挥，大喊一声：
"诗歌的血不会冷！"来往的货船上
瞬间插满迎风招展的诗歌旗帜
可爱的诗青年啊，我们写诗、喝酒
有时候也谈论姑娘。口袋里装着
热气腾腾的主义和词语。拱宸桥、西直街

大兜路与胜利河，每次酒醉后的夜晚
我们引经据典和它们一一谈判。遗憾的是
这些穿着旗袍的美丽女郎总是被游客霸占
危险的青春如夜空的星辰闪闪发光
多好啊，在中年的胡须拔节之前
我们还有大把的时光用来虚无

今天，当汹涌的潮水退去
我们生命的河滩上还剩下些什么？
那些撕心裂肺喊出的口号
已经被陈列在运河博物馆了吗？
拱宸桥两岸歌舞升平，广场舞大妈
制造这座城市的美好时代
嘿，我的兄弟，今天我们还能写诗
或者抱头痛哭，只是我们喝下的酒
已没有佳人消解如运河泛滥的忧愁
月亮一如往常升起，我们写下诗歌
运河里的货轮像一场不可避免的命运
缓慢地穿越我们不再年轻的身体
在水底深处发出低沉的回响

新　年

远处草色萌动，春天即将到来
我的城市空无一人

阳光穿越蝙蝠的翅膀
照在脸上，像是来自远方的祝福

在阳台上晾晒衣服，打开封闭的身体
写下几个字，让生活得以继续

向春天与河流问好。如果大地平安
新的一年，我要活得简简单单

致理想

——给大理吉他歌手王毓、马龙

成都是我们的一只鞋子，穿在大理的脚上
更多的时候我们光着脚走路，十年的山水
足够让肩上的吉他锈蚀成一把瘦骨头
可是我们的理想疲倦了吗？
她去城市里遛了一圈，化了妆，隆个胸
变成一个大街上的站街女和皮条客？
她是否需要停下来休息片刻，喝一杯啤酒
上一趟厕所，寻求一次艳遇，约个炮还是
找个靠谱的男人结婚？

我的兄弟们，大理真是个好地方
有很多好姑娘。可以痛快喝酒，做白日梦
蒙头睡到自然醒，把理想藏起来
藏在酒吧的小酒杯里，或者姑娘的红肚兜里
洱海的波浪覆盖我们，在此了此一生吧
成都、新疆、东莞、深圳和杭州
都是命中注定的姑娘。她们应该在夜里哭泣
写一封悔过书寄往我们的家乡

干得漂亮小野兽们！让我们再次集合

十年过去了，我们是否还有勇气

掏出硬邦邦的生殖器射向雾霾弥漫的天空？

三十岁的牙齿要比二十岁更加锋锐

敢于吃螺丝钉，啃硬骨头

让我们再抱着哭一次吧！吼出胸腔里的刀片

用拳头砸出这个世界的血，供养余生

这始终都是一个问题，我们终将衰老

理想还是一个年轻丰满的姑娘？

理想的一生真不容易啊，她太美，太忙

也太累，太容易被包养

当我们在大理醒来，昨夜的雪花啤酒还在呼啸

可青春的阳光还会照在我们的脸上吗？

今天，我们还可以歌唱，但不再流泪

镜子里的我们有时候营养不良

或者空虚肥胖。这个故事终究会是一个遗憾

就像当年每次我们把青春吐得一片狼藉的时候

却不能对艺术学院的女同学干点什么

在成都

——给王毓、李家卫诸兄

年轻的时候我们咬牙切齿地写诗

把凌晨的夜空描摹成青春的履历表

在宿舍里练习失眠，被几个词语折磨

成为一个东倒西歪的矿泉水瓶

那时候还没有美团外卖消化

我们营养不良的理想主义

等到王毓推开房门说女生小食堂开饭了

少年们的拖鞋便从慌乱中匆忙集合

把木楼梯踩成一条解冻的河流

吃饱饭的人在泡妞的路上谈论哲学

一场雨水里的车祸，小萨特住进了

静居寺旁的第七人民医院

给年轻的思想做一次解构主义的手术

不如邀请他一起吃弗洛伊德的串串香

一觉醒来，隔壁火锅店里煮着香喷喷的夏天

李家卫大声喊道：好多好乖的妹子哟

她们衣衫单薄，纽扣松弛

吃瓜子，喝啤酒，操着一口甜蜜的成都话

多像一群群热气腾腾的天使

那时候，我们说爱的时候
便是真爱。渴望自由，又受困于自由
我们终究无法将苦涩的情诗
写成色彩斑斓的哈根达斯
那么，就送她一本油印诗集吧
再小心翼翼地签上姓名
当我们一无所有的时候
这便是一切。毕业的列车擦亮
齿轮的语速，我们含着泪写下的诗句
正在被晚会上的女同学大声朗读

二月的挽歌

1

如果非要以死亡的方式来相见

我宁愿从不认识你。我的兄弟

今夜人类的头顶黯淡无光

春天刚复活这个世界的信心

却忽然迎来了你的死期

死寂的城市如悲伤的容器

我们戴着口罩默默哭泣

将呼喊压缩在一行行文字里

如果大地重回光明，一个眼科医生

能否再次看见这个春天的黎明

——"你能做到吗？"

2

刚刚立春，我的城市黯淡无光

在睡前却忽然看到你的死讯

这个晚上，十亿个口罩也无法遏制

这片土地的悲恸和愤怒

我和你年龄相仿，都是孩子的父亲

我们活着，你决定去死

我亲爱的兄弟，这个春天

会不会落下一场雪为你送行

2020 年 2 月 6 日，你用死亡

给我们留下一份训诫书

我的骨头

1

骨头拔地而起，成为我自己
也成为全世界

2

有一天我要将骨头拆下来
重新还给泥土里的父母
能用的都用上
都是他们年轻时候的模样

3

我若死在江南，要将骨头拆下来一半
种在华北平原的大地上
在石梁河畔，是否能长出一棵小树？

4

千本教科书压不垮的脊背
却向一个姑娘俯首
命运的下课铃击打着
埋藏在雪地和情书里的爱情

5

世界痛击我，骨头发出清脆的尖叫

像暴雨袭击了年轻的小树林

即使折断的枝干，也有干净的味道

6

脊椎膨出几节，一定是山体里的顽石

被悬崖边的野花蛊惑

从石榴殷红的肉体里

爆炸出两颗血红的宝石

7

我的骨头在世界上磨损

像一列绿皮小火车

它承受的压力

大部分来自于陌生人

8

当我卑躬屈膝向领导敬酒

骨头承受的来自权力的压力

是否会大于我伏案写作时

词语遭遇的一块顽石？

9

那些被流水磨损的骨头

月光清洗过的骨头

是世界上最干净的骨头

是诗人的骨头

10

骨头里的微光，一部分来自于诗歌

一部分源自我的父亲。

11

我的骨头即使拆下来

也能烧成一片晚霞

或者一堆柴火

供母亲冬天取暖

12

写作就是把骨头拆下来

放在阳光下晾晒

我的骨头天生苦涩

没有一只苍蝇光顾

13

我是谁的骨头

谁是我的骨头

父亲多年前向天空抛出去的一根骨头

多年后落下来砸中了我

14

世界撕咬我的骨头

咬掉了它锋利的牙齿

感谢骨头里的钢筋

赐予我一生的硬度

15

在词语里挪步的人

转身走进了黑夜

骨头发出的声响

泄露了他的身份

16

在河流里漂浮的是谁的骨头？

我从中找到了我的兄弟。

17

我的骨头加几首诗歌

煮一锅的夕阳

治愈了世界的营养不良

18

我吃过的骨头

没有一块软的，都是兄弟们

舍身赐予我的投名状

19

给诗人的骨头

注射一针强心剂

让词语不再倒下去

20

骨头里的风声

泄露了时间的秘密

腰肌劳损正在深夜

加速齿轮的距离

辑三　故乡的教诲

在我的故乡，每一样东西
都有各自的颜色和脾气
也有它不可逆转的命数

故乡的教诲

太阳下，我的故乡有纯粹的颜色

金黄的玉米　通红的辣椒

它们是大地的语言

青草的小路盛开野花的理想

银色的石梁河上飘荡着暮归的渔歌

鸡鸣狗吠也都是大地的语言

开花结果，生老病死，顺其自然

母亲的瓷碗里安放着朵朵白云

河流里走着冒着烟的父亲

太阳下，我的亲人们黑得彻底

像不知疲倦的黑夜

像沉默无言的黑土地

故乡的月光里不含泥沙

赞美里没有毒药

他们的喜怒哀乐，清澈见底

刮风，下雪，四季分明

他们崇拜太阳，把一生交给土地

在我的故乡，每一样东西

都有各自的颜色和脾气

也有它不可逆转的命数

——它们都给予我深深的教诲。

我希望一生都能领受这样的教诲。

田邓庄

牛羊入圈，牙齿咀嚼青草
咀嚼昏昏欲睡的乡村黄昏。
老槐树下抽烟袋的村支书
牙齿不多，说话漏风
正在谋划乡村的小康梦，
不久后一条水泥路将从他漏风的
嘴皮子底下穿过。
拖拉机从田地里突突地开过来，
新鲜的泥巴如飞舞的蝙蝠。
树林里的野草莓，不大，甘甜
过早地成为穷孩子们果腹的美餐。

喊娃声　叫骂声　鸡鸣声
三三两两的星辰，几只飞鸟
便是故乡的黄昏。
人们从不关门，院子里的灯盏下
男人们大口喝酒，谈论到广东打工

和拖拉机的性能。喝多了

有时候也脑子短路互相打架。

在女人的责骂声中，窗外已星光灿烂

像少年们深夜苦读的远大前程。

白桦树

冬日阳光里的白桦树流淌着

金黄的纯粹。大地抒写的不朽篇章

没有一片叶子是多余的

晚风梳理这一日的白桦树

它的喧响　那大地深处的轰鸣

让我感叹于这造物主伟大的辩证法

路过我故乡的人哪　请你站住

谁能告诉我　我这一生要写多少诗歌

才能配得上石梁河畔①的一棵白桦树

---

① 石梁河为作者故乡皖北的一条河流，河畔芦苇荡漾，白桦树迎风耸立。

我的石梁河

石梁河是我故乡的河流。

黑夜降临，万物生长。亲人们

世代集聚在此，在河流里升起炊烟

红白喜事或者快乐或者忧伤

石梁河上溜走了月亮又迎来了太阳

和中国所有乡村的河流一样

她几百年来行不更名坐不改姓

阳光温暖大地　雨水丰沛人间

在这个国家庞大的版图上

她从未站起来说话

默默地保存着完整的悲悯和泪水

这些年，每一次远行，在生活里翻山越岭

那路上的大河奔流，每一次沉默的哭泣

我所遇见的每一株草木和花朵

都是我写给故乡石梁河的情书

今夜，我要给我的石梁河写一封情书

我的二十岁的热气腾腾的成都、江南的燕子矶和望江楼

以及三十岁的宁静的西湖

——都一一折叠好放进这封情书

石梁河是我故乡的河流。

我要用我的一生给她写一封情书。

1995 年的拖拉机

1995 年，父亲用收购芦苇的钱在农机市场
买了一台手扶拖拉机。突突的声音
闯进篱笆院的时候，震惊了整个村子
红色的车头拖着绿色的机身
仿佛电视里神气的机器人
夜空下的拖拉机闪闪发光
月光和露水擦拭着它骄傲的脾气
孩子们使劲地呼吸，伸出舌头
舔着弥漫在空气里的新鲜的柴油味
像吃着梦里的奶油蛋糕

人们推着夜色赶过来，伸长着脖子
围着拖拉机指指点点，摸一摸发动机
再蹭一下它的大屁股。孩子们爬上去
胡乱地挂挡，试图起飞这只铁质的甲壳虫
父亲的笑容像是夏天绽开的喇叭花
在夜色里湿漉漉的，混合着刺鼻的柴油味
母亲忙着用瓜子和花生招呼着乡亲
时不时深情款款地看着自己的男人
那一夜仿佛是父亲人生里最高光的时刻

像那个时代一样，他年轻敢为
浑身有使不完的力气

那一夜也是我人生里最幸福的时刻
当牵牛花攀上烟囱，父亲鼾声四起的时候
一个八岁的少年悄悄地钻出房间
爬上拖拉机，双手握住车把
嘴巴里突突地喷涌着唾沫
那是 1995 年的夏天，头顶星河灿烂
石梁河水哗哗作响。我就闭着眼睛
一直开到了上大学的高速公路上

我的 1995 年

一道红色的闪电，乡村土路上
弥漫着灰尘、花香、口哨和汽油味。
打一声招呼，喊一声二爹和三娘
路边的人还来不及反应，
摩托车就一头扎进了春天。

幸福牌 250 摩托车，我的少年之梦。
1995 年，乡村少年卢山才八岁
我的开裆裤刚刚退出历史，
就已流露出卓越的流氓气质。
我开始在放学回家的小路上写情书
明目张胆地拦截小女生。

那些骑着幸福牌 250 摩托车的不良青年
对我赞不绝口并且开始兜售我
追求女孩子的经验。
我背着书包跑在摩托车后
吃着咸鱼头，也吃着 1995 年的
市场经济的灰尘和营养不良的荷尔蒙。
我紧紧地拉着红色甲壳虫的屁股，

从它铁质的肋骨里，我甚至舔到了
春天空气飘荡的甜甜的味道。

1995 年，我成绩很好，语文 99，数学 100。
广播里说京九铁路全线铺通。
三十出头的父亲刚买了一台手扶拖拉机。
1995 年，我不知道三年后家乡洪水泛滥
十九年后我漂到了西湖和江南。
1995 年，乡村少年卢山没有足够的零花钱
买一辆幸福 250 牌摩托车。

怀乡书

我没有看见拆迁的现场
弟弟给我发来一段视频
笑着说，哥哥，我们从此
住进新农村的楼房喽

在车水马龙的杭州街道
我喊出疼不会有人听见
我做出停下来的手势
这个世界依旧马不停蹄

推土车撞开红彤彤的砖墙
我们从父亲的脊背上滚落
他们用力地挖一个坑
发布公告，说帮我们埋葬贫穷

父辈教导说好男儿志在四方
如今距离让我们来不及道别

生活，请给我一分钟的时间
允许我停下来痛哭我的故乡

从此，我就是我的故乡。

喊　疼

我一口咬掉尾巴的时候
河流里的鲫鱼在喊疼
我用力折断肋骨的时候
田野里的一头牛在喊疼
我用刀切开翅膀的时候
树林里的飞禽在喊疼
在胜利者的餐桌上
河流、田野、树林和天空
排着队在喊疼

中年人的膝盖里山峦起伏
这些浮生的行走和劳绩
腰间盘在喊疼
这些离别和删除键
情书和月光在喊疼
我活着　我继续装孙子
脊椎在喊疼
当我将墓碑种在杭州
故乡在喊疼

在我身体的每一寸血肉里

这些年它们日日夜夜在喊疼

肝肠寸断　震耳欲聋

渴　望

冷风一刀一刀雕刻这座城市：灰暗的建筑群
将视线切割成一排排不规则的冰山，
被棉袄包裹如消化不良的癞蛤蟆
是街道上蠕动的行人。

幻想受阻于凝结的速度。飞鸟是从人心里
射出去的冰凌，瞬间被固定在空中。
我吐出一个词，在另一个词艰难到来之前
已经滑出美学的界外。

此时，我渴望得到的不是一个热烈的吻
而是家乡的一碗胡辣汤。

短暂的胜利

奶奶的遗像挂在墙上

庄严肃穆，甚至有点吓人

现在她不用躺在病榻上

和屋顶的那些黑蝙蝠斗争了

这是她一生唯一一次照相

她却没见到摄影师

她应该满意这种高高在上的感觉

终于在死后获得某种短暂的胜利

进进出出的儿孙埋首疾走

像做错了事情的孩子

不敢直面她眼神里的幽怨和质问

她的一生

出殡的时间到了！大雪到来之前
早前失联的儿孙们终于齐聚一堂
打开预备好的悲伤容器
磕头，小声地抽泣，在天亮之前
他们例行公事，做最后一回儿孙

晨光里，尖锐的喇叭声此起彼伏
昂着头颅穿越一片荒芜的玉米地
人们紧紧按住漏风的身体
高谈阔论春节后的打工计划

跟着队伍后面的，是一群纸糊的牛马
北风像鞭子一样抽打在它们的身上
这些畜生低着头瑟瑟发抖的样子
像极了她劳碌无言的一生

晚　年

1

她的工作就是哮喘

从身体里咳出一群蝙蝠

牙齿脱落如泥石流之后的山谷

吃饭仅能喝粥

说话就是点头摇头

两条腿早前摔断

肿胀成河流里的两根烂木头

大小便失禁

长期的浸泡

她的臀部开始溃烂

黑夜降临，白发生长

两年的卧床，看不见星星

也曾试图爬出去摸一摸春风

蝙蝠绕梁如命运的碎片

偶尔闯入的野猫带来

一阵喧闹的惊喜

在她最后的日子里

见过几次医生

来了一群骂骂咧咧的儿女

在乡村一间废弃的小屋子里

她和院子里的木头一起腐烂

从身体里开出一片幽暗的花瓣

2

十月蟋蟀入茅屋。蝙蝠飞舞

搬运来死亡的见面礼

一个个无眠的夜晚，她默数着

从地下长出来的小蘑菇

门窗紧闭，晚年被囚禁于此

一个农村老妇人

断了双腿就等于半身入土

五百个日子如苍蝇乱飞

在她最后的生命里

蝙蝠和蟋蟀给予她活着的快乐

仿佛一群不离不弃的儿女

3

她最后会想一些什么呢

在一个寒冷的夜里

死神的锁链扼住咽喉

她哭了吗？仅存的泪水

和微微颤抖的手指

证明她曾经活着？

她会不会使出最后一丝力气

拨开缠绕在脖颈的锁链

像吐出一只蝙蝠一样

呼喊出一个人的名字？

在泥土覆盖她的呼吸之前

她要想到一些什么

是不为人知的旧情人？

远在省城的老年痴呆的弟弟？

这个世界还有什么值得留恋的？

她想到的不会是生下的九个儿女

牵绊她的是门口的那片菜园

去年她种下的果树已经长出来了

不能被畜生啃了

4

一寸一寸地死

肺结核哮喘和心脏病

搂着她一起向黑夜进发

每天都死去一点点

河水逐渐漫过头顶

春风吹不到这里

她的晚年陷入了泥潭

"脚上的泥巴怎么都擦不干净

我闻到了你爷爷的味道"

睡眠有利于死亡

而死亡就是和庄稼种在一起

在半昏半醒之间

她突然说

"我要努力长成棉花

开在你们小时候上学的路上"

5

埋得太深　我透不过气

地心比这间屋子更寒冷

加重了我这些年的哮喘

那里骨头贴着骨头

撞击在一起　疼

浅一点吧　让我能翻个身

在死后能睡个好觉

也方便凑个热闹

让我能一睁眼

就看见棉花地的春天

让我能一伸手

就抓住了亲人的犁耙

6

"不知夜里几点死的

无声无息，没有打扰任何人"

在我们酣眠做梦的时候

这个老妇人完成了对自我的解脱

她终于拔掉了身体上的小蘑菇

站了起来，走出这间潮湿的屋子

去河滩边看一看

这一辈子侍弄的几亩地

当泥土覆盖她的呼吸的时候

安静或者绝望，都无从知晓

她用死来完成了生

她用死来完成了与儿女的和解

并对换了他们的几滴泪水

八十八岁的老妇人

见过不少大世面

这一生的家当不过是

满屋子的药瓶和破衣裳

被瞬间清理干净

被付之一炬

被匆忙埋进泥土

被申报死亡

被这个世界彻底遗忘

7

秋风斩首。田野里镰刀挥舞

砍伤露水和蟋蟀的翅膀

坟墓上被清理的一小片土地

供农民休息。月亮行色匆匆

赶在犬吠声之前回到村里

花圈在夜色里发出阵阵声响

仿佛死者的叹息

红色的棺材　大地的伤口

一场雪即将覆盖华北平原

安慰她并不算幸福的一生

清明节寄北

绿色的树林，结满红色的虫鸣。

放学归来的孩子，剥开新鲜的树皮吹起乡村小调。

牵牛花爬上裤脚打探春的消息。

斑鸠走走停停，写一封蹩脚的长信。

北方的树林高大，墓碑却很矮小，

像你劳劳碌碌的一生。

麦苗年复一年从你的身体上长了出来，

是你没有来得及说给我的话。

如果我现在突然死了

如果我现在突然死了
会有人在远方为我哭泣吗

我年轻的妻子，很抱歉
死亡的加速度超过了我们的誓言

工地上的老父亲，我一生写的文字
比得上一栋房子让你感到骄傲吗

来不及道别的朋友，记忆里是否
保留着我年轻时候的青春模样

我死了，那些没写完的文字没死
我没有哭出来的泪水还有人在哭

雪年复一年落在西湖，我看不见
头顶覆盖的白雪让我呼吸更加困难

在北方的故乡，我新鲜的坟墓紧紧地
挨着祖先的领地。并没有什么两样

赌　气

她蜷缩在角落里不说话，使劲地
蹬着脚下的缝纫机。"你写给我的诗歌
让你母亲嫉妒。她说你从未给她写过一个字！"
父亲的话有一些沾沾自喜的意思
他端起酒杯的手，又一次落在
我新出版的诗集上。母亲整个晚上
都在和我赌气，在她手里穿梭的线条
是三个孩子的童年里伟大的魔术游戏
缝起了一家人密密麻麻的日子

六十岁的母亲像个小学生
变得敏感而忧伤
被生活里的每一道难题委屈得落泪
临别的时候，她把一双新布鞋
扔到我怀里。"杭州太远了，
我们都走不动了。
你还不如我脚下的这台缝纫机
三十年了，从来也不会和我分离！"

母亲的菜地

我的双开门西门子冰箱装不下

母亲从老家寄过来的蔬菜

我在杭州八十平米的新家

也装不下她寄过来的柿子树

和一条美丽的石梁河

母亲恨不得把她的菜地

连根拔起，全部移植到杭州

那里就是一小片废弃的土地

时不时被母亲翻翻弄弄

每一个季节都有不同的模样

春天，牵牛花攀上母亲的额头

秋天，一棵棵白菜像不会说话的白鹅

让我们日夜惦记着的

是什么时候成熟的西红柿

草丛里一跃而起的蚱蜢

和偷偷埋下的一块小石头

多快乐啊，我们三兄妹翻弄着泥土

母亲翻弄着我们的日子

那时候她刚三十出头
总想坐上大巴车到浙江打打工
她还没有收到衰老的通知书

越来越小的母亲

母亲越来越小了。又黑又瘦的母亲蜷缩在病床上
像一个怯弱的小学生，偷偷地在人群里寻找她的儿子
这世界没有什么能够让她感到恼火的
除了她的三个孩子

她的爱也越来越小了。不喜欢和人说话，
拒绝出门旅游，也没有时间来跳广场舞
她喜欢拿出孩子们小时候的照片给父亲讲故事
如今，母亲的爱变得自私而浅薄
她的晚年在通往三个子女的路途上越来越窄

母亲节

厨房里的母亲汗流浃背，她的双手
娴熟地游走在食物和火焰之间
像一只蒸箱上热气腾腾的龙虾
身体里逐渐浸染一些油盐酱醋的味道
她从数百里之外的宣城赶来
为她怀孕的女儿做一道家乡菜

阳光推开午后的初夏，再搬来一把凳子
让她在阳台上坐下。跟着音乐做胎教
是我年轻的妻子。她的双手托着一枚
小小的星球。浮肿的双脚是被施了魔法
妊娠纹一定是小朋友调皮的涂鸦
她相信身体增加的重量里
生长着西湖和宝石山的云霞

在田地里劳作的是我遥远北方的母亲
她缓慢地蠕动在麦苗里，仔细地拔掉
每一根杂草。她的日历里没有节日
只有二十四节气。头顶的烈日像一个
永不厌倦的时钟，命令着我的母亲

率领她的晚年艰难前进

一望无际的麦田里，巨大的汗珠砸向大地

让我把"母亲节快乐"几个字咽了回去

我不会给父亲写诗

我去田地里喊父亲回家吃饭

在河边找不到我的父亲

他身材瘦小，耳朵先天聋

在几十亩声浪起伏的稻田里

父亲是一只衰老的昆虫

沿着沟渠缓慢地蠕动

我靠近，喊：爸，回家吃饭了

喊了三四遍，他才放下镰刀，直起腰来

对我点点头，乐呵呵地笑

将一大把稻子堆在地上

这时候他的身上涂满了泥巴

像一只从池塘里爬上来的老猴子

气喘吁吁地望着我

我想伸手拉他一把

好让他的晚年从沼泽里上岸

父亲却挥挥手，转身又陷入更深的泥淖

晚风喝光了他身体里的老酒

酒瓶还挂在枝头呼啸

夕阳凝固在他的皮肤上

在我面前展示，一种比稻田更纯粹的金黄

任何溢美之词都是乏味的

感动也是虚伪的

面对身上千沟万壑的父亲

我没有过去拥抱他

也没有准备给他写一首诗

只是蹲下来，轻轻地说了一声

爸，回家吃饭了

三十岁

——给父亲

父亲，当我在飞机上写下三十岁的时候

你是否担心这会增加我和机身的重量

一个词语竟然让飞翔变得异常艰难

如同命运的气流，总是阻碍我

从云间下山，从江河里上岸

阻碍我回到你的身边，聊一聊家乡的收成

在屋后种下一棵小树

父亲，这些年你教育我成为一个真正的男人

你说，三十岁的牙齿要比二十岁更加锋利

敢于啃硬骨头吃螺丝钉。这是你教育我的方式

要让我成为另一个你吗？

可是，在三十岁的齿轮里，我也会喊疼

也会一个人在出租房里默默哭泣

我看见骨头和血肉迸溅成春天的花朵

父亲，在这三万英尺的高空

这失败的飞行让我感到寒冷

那么，请允许我给你写一封信吧

说一说我这些年经历的那些女孩

还不能成为你的儿媳妇。那些委屈和疼痛

都熔铸为我成长的血肉和骨骼

这些年我越来越像你

让我气急败坏的是——

从你这里继承的脾气和习惯

虽然依旧顺手，但在城市里并不好用

父亲，这些年你用目光帮助我飞行

推我上山下海，成为江河的过客

如今，你感到后悔了吗？

从石梁河漂到热气腾腾的成都

从二十岁的金陵到三十岁的西湖

你看我多么失败啊，我越走越远

而你的形象却越来越清晰

比如，我在机窗的反光中忽然看见了你

这个老得一塌糊涂的男人

从窗外颤颤巍巍地给我递过来一支烟

脏　话

那时候，父亲的脏话

是一群盘旋在我头顶的乌鸦

每一次咬牙切齿的训斥

让我悄悄勒紧口袋里的弓箭

雪地里打滚　煤油灯下读书

在父亲的脏话里长大的少年啊

这些年怀抱父亲的雷霆

冲向一个个生活的深渊

如今我也成了一个孩子的父亲

六十岁的父亲已经骂不动了

他内心的河流接近干涸

他的雷霆也偃旗息鼓

父亲坐在角落里，他的脏话

变成了晚年一片黑漆漆的沉默

我怀念他说脏话的黄金时代

那时候他像一头力气用不完的公牛

扛着我一起去打败这个世界

让父亲再骂我一次吧
我才能找回做儿子的感觉

沉默的距离

父亲给我打电话，说家里的红薯收完了
麦子刚种下，天就下了雨。
父亲很开心，电波如节节开花的芝麻。
门前的杨树与河滩的芦苇荡
他都想打包寄给我。

然后，我们在电话两端，忽然陷入一种可怕的沉默。
这短暂的沉默，仿佛就是从宿州到杭州的距离。

最后的归属地

赶在光明的十月，我回到北方的故乡
这些年我总是怀有复杂的情感
对于故乡——这个疲倦的老母亲
她总是催促我一次次踩着露水出发
又一次次召唤我披着月光回归
我的一生都会在这条路上往返吗？
从青葱少年到白发老者，夕阳和火车的呜呜里
我带着怨恨和思念不断修改故乡的底色

我再一次回来了，带着我初为人母的妻子
和三个月的女儿。她们是我献给故乡的礼物吗
或者是我要交出的一份成绩单？
为什么我会在每一个路口兴奋地尖叫起来？
长期的离别消融了彼此的倦怠
新一轮的相逢应该把酒言欢
村子里大部分的人，我们都不会再互相认识
他们或者被埋进黄土，或者被悬挂在他乡
玩泥巴的孩子们好奇地打量着我们
伸出舌头舔着汽车的尾气，像品尝美味的晚餐

田地里的老人在和这片土地做最后一次道别
方言是他们留给我最后的故乡遗产

十月如此盛大。夕阳下，我们都将在
秋风中继续远行。晚风吹得玉米地
和我的亲人们瑟瑟作响。都说岁月静好
可这一生还能有几次这样的相见？
烧完这堆纸钱，我又将带上我的妻女上路
回到我们在杭州的新家。相对于我的石梁河
她们更熟悉脚下的西湖和宝石山
这其中始终是一种无法逾越的认识论
当我从地上站起来，黏在膝盖上的泥土
也会跟着我去温润的江南吗？
火苗盛开的忧伤逐渐趋于宁静
夕阳含情脉脉，仿佛祖先们的目光
为离别远行的孩子，披上一件温暖的外衣

"这是你太爷的，旁边是你太奶奶的
你爷爷奶奶旁边的空地留给我和你母亲
你常年在外，这些都是你回家的坐标"
父亲一次次提醒我牢记祖先的墓地
仿佛我的故乡在多年后只剩下这堆黄土
这会是我最后的归属地吗？多年后在这片旷野上
我的孩子们能一眼认出祖先的墓地吗？

坟前的火苗终于消融在这片盛大的夕阳里

如果祖先们突然开口说话　说：别走了，留下来吧

我会毫不犹豫地冲过去拥抱他们

夕阳下，我紧紧抱住的只是一阵秋风

杀 羊

春节回乡，我看见两个男人在路口杀羊
一个按着脖子，一个抡刀捅下去
三下五除二地杀死了一只羊

一只羊从孕育到长大
它在山坡上吃了那么多草
也认识了不少朋友
或许还曾谈过恋爱　仰望星辰
却在一分钟内被杀死
被剥皮　开膛剖肚　掏出心肺
开水已经煮好　这个世界热气腾腾

午后的阳光里，一群羊走了过来
吃这只羊生前剩下的草料
它们的嘴角上粘着新鲜的血

归乡记

我已不愿意回到故乡

不愿意回到一场虚假的名利场

乡亲们聚拢过来

忸怩的笑容里藏着几把镰刀和锄头

揣测我妻子的身份

关心我在城市里的房子

大胆地打听关于我的隐私

以及娱乐圈更大的新闻

他们围着车子转了几圈

吐出浓痰和瓜子皮

我已不愿意说话

不愿意配合他们制造一场

皆大欢喜的谎言

因为我在城市里过着完全不同的生活

在一家不错的电视台

写一些文字谋生

看领导脸色，夹着尾巴做人

盼望每个月的工资

及时填掉房贷的窟窿

买书　买菜　买尿不湿
买一场觥筹交错的宴席
生活的胃口很大
大过我年轻时代的理想

在有限的归乡假期里
我依然感到疲倦
关掉手机，睡一个不做梦的懒觉
我只想陪父母说说话
聊一聊小时候的故事
掬一口石梁河水，吃一碗青菜面
到河边走一走
芦苇吐出的潮湿空气
一次次鼓动我内心的气流
在田地里干一些农活儿
给坟墓里的祖先磕头
脱掉皮鞋，把脚埋进泥土
才感觉自己活得像个人

赞美诗

多好啊，北风还没有掀翻他的早餐铺

小儿子还能再吞掉一个梦呓

冬日的阳光里，女儿做着数学题

冒着热气的面条，如妻子的好心肠

温暖着这个不足十平米的小作坊

环卫工人、中介小伙和出租车司机

裹着漏风的身体挤进来

兄弟，早啊，随便坐

爱吃辣椒酱和玩抖音的人群里

总有几个是北方的老乡

老板，再加份香菜——

上班的时间还来得及

还可以把早餐吃得像模像样

多好啊，北风吹着欢快的口哨

多好啊，硬币掉在铁盒子里的尖叫

人间书

雨水暂时摁住城市的喉咙，
红绿灯抽离出一张张焦急的脸。
下班的人用短暂的自由，抓住时间的小辫子
听一首喜欢的歌，给老朋友发个微信，
在昏昏欲睡之间吃掉一袋零食。

蹲在路口的老人，冻红的双手
举着一束假花。她盼望每个人
都有谈恋爱的好心情。
坐在三轮车上晃着腿的小学生，
正被一道数学题围困在吃冰淇淋的路上。

在地铁的潮水里，我们是面无表情的深海咸鱼。
我们厌恶堵车，渴望中年有大汗淋漓的快感，
却在通往回家的路上，遭遇无数个红灯。
我们的一生在不同的城市里打圈圈，
围绕一座并不存在的孤岛。

从一座工地上蜂拥而出的农民工，
红红绿绿的雨衣跟随电动车奔驰，

像一盏盏来自故乡的旗帜。

在城市的每一条大街小巷里，

他们大声说话，唱起歌来热气腾腾。

这热气腾腾，让我们活着。

在人间

辽阔的街道上，一排排樱花
搔首弄姿如落寞的站街女。

美容院门口的春联，在晚风里摇摇欲坠
因失血过多，如月经不调的女人。

贴满口号的宣传车迎着春风
对着墙角喷洒消毒剂。

不远处，漫不经心的公交车开过来
像一群空手而归的难民。

庚子年春，遥寄武汉兄弟

我没有去过武汉，兄弟
去年冬天在宝石山下约定
你说来年春天要在黄鹤楼下
请我吃一碗热干面
庚子年疫情突发，武汉封城
封条横飞，仿佛天下大乱
小儿女牵衣顿足拦道哭
我写给你的信，如一场落雪
卡在公路的检测口
兄弟，大难之下，写两行
无用之诗如我，爱莫能助
只能在文字里给你寄去
江南的湖面清风　流霞晚钟
再对着武汉举起一杯酒——
兄弟挺住！我先干为敬！

操场事件

红色跑道拔地而起　缠绕我的脖颈
像一条条血淋淋的红领巾
我倒下去　在一个没有星星的夜晚
他们用混凝土和报纸
给我的呼喊贴上了封条

多年来，孩子们欢快的脚步
在哨声中有节奏地踩在我的脊背上
一次次加快我坠入地狱的速度

离婚后生活

凌晨两点半，
血液比冰箱里的哈尔滨啤酒
更冷。
一碟花生米
嚼着命运。

安全帽不说话，
如一条跟随多年的老狗。

月光几乎要踩碎玻璃。
儿子红扑扑的笑脸
像一盏即将升起的太阳。

地铁记

这岩层里的空心长蛇

新时代的伟大地下潜艇

蠕动在巨大的黑色泥淖中

一排排发霉的肉体

横陈在城市的地下室

给它喷上一点香水　涂抹一些口红

赶早卖出一个好价钱

音乐从岩石的缝隙里流出

唤醒几只假寐的眼睛

一个熟悉的宣判，梦想暂时到站

有人一不小心就冲出了底线

他们牢牢抓住栏杆上的手环

不至于被生活的惯性甩出去太远

在一次次的拉扯中，他们充满信心

并暗自感恩于脚下短暂栖息的

一小片陆地和头顶的晃动的

生活的手铐　上吊的绳索。

辑四　虚无主义者的江南

诗人打开凌晨的窗扉，喘息的湖畔，
盛开着一座盛大的虚无主义者的江南。

虚无主义者的江南

1

大地辽阔，立冬为证。气温骤降如行人脸上逐渐失去的光，这湖山之间纷纷摇落的树叶，不正是我们的身体逐渐失去的一部分吗？

断桥上三三两两的行人点缀着这片江南湖山的初冬景象。一排排杨柳搂住身体里最后的青春，共享单车上迎面而来的不是拎着小酒壶的苏东坡。

如远行的游子回到故乡，船舶回到岸边，打着哈欠的人晾晒潮湿的往事；他的头顶有一只林间的松鼠，衔着一枚落日跃上另一座远山。

十二月的江南，草木停止生长之处，在水面荡漾的夕阳再一次接纳了我们永恒的局限性——暮色里一座日渐深沉的宝石山。

北风把我们吹得形单影只，保俶塔更加窈窕了——雪却被重新推回天空，没捎来只言片语的问候。写诗的人耽搁于一场迟到的风雪，而上班的白领却在赶在云层堆满孤山之前，急忙关闭办公室的门窗。人们重新潜回朋友圈，戴上墨镜在湖畔里继续仰泳。

里尔克说，谁在此时孤独，就永远孤独。大地之上行走的人，是被北风搬运的石头，青春的齿轮推动脚踏板的速度，就来到了南山路的中国美院。持续的磨损仿佛是在创造一件艺术品，那些夏日的雷鸣与闪电，都生长成了我们身体里默默排列的无言青山了吗？

湖山之间，诗人摇橹望天，等一场传说里的雪。雪未落，水波起。暗无天日的情欲让苏东坡一不小心就滑倒在断桥上，遗失了醉后的小酒壶。他长啸一声，从湖山的衣袖里，抖搂出千军万马。

倘若大雪落满南山，便呼朋唤友集体出动，读《思旧赋》，说起临安旧事，枝头鸟鸣醒一场白日梦。

江山旧事随流水吧，随一声叹息，随一只不知死活的小酒壶漂远。回到临安，做一个落魄诗人，佩一把老剑，和辛弃疾对饮。桃红细雨杨柳枝啊，看城中十万灯火通明，点燃陆游的表妹那一脸千古的忧愁。

2

在气流的转换之前，肌肉劳损和腰间盘突出再次光顾一个在夜晚写作的人。这些顽劣的石头从山体里崩溅而出，缘于大地内部想象的齿轮急速转动，或者一场悬崖边夜莺歌声的美丽蛊惑。

疾病是一座修道院，它的清规戒律和自然法则让我们慢下来回到自己。骨头里的风声泄露了时间的秘密，腰肌劳损正在深夜加大齿轮滑向湖畔的距离。

写作是我唯一的修行方式。每当进入黑夜的腹地，就从身体里抽出那么多的词语，呼应这头顶的万千星辰和江南的大好湖山。

我的疼痛来自于时间永恒的磨损，来自于大地内部那无限的重力。我终将无法摆脱这永恒的局限性。我在一点点死去，夜晚从我的身体上脱落的花瓣，如同从金字塔脱落的黄金碎片。

在词语里挪步的人转身走进了黑夜，骨头发出的声响泄露了他的身份。被几个词语折磨成东倒西歪的啤酒瓶，最后失去了辨认词根的耐心，仿佛在一场连绵的雨水里逐渐失去一座光芒四射的江山。

三十而立，我打马走进江南，湖山拥我入怀，赠我以依依杨柳色。我青春年少，不可一世，在宝石山下练习在汉语里兴风作浪。一个个夜晚，我与他们一一相见：葛洪、白居易、苏东坡、辛弃疾、苏小小……

我与他们一一拥抱。哪一个不是我的情人？哪一个不是我的兄弟啊？

笔尖的马蹄停止奔波之处，雪终于落了下来。

这白茫茫一片的江南湖山啊，如一场念念不忘的前世旧梦，跃然纸上……

　　诗人打开凌晨的窗扉，喘息的湖畔，盛开着一座盛大的虚无主义者的江南。

西湖的抒情诗

1

诗人说，南方是一匹马，正以露珠和缓慢的树木加冕。十二月入夜的城市，唯有西湖投递给人们柔软的梦呓和浮生的酣眠。

北风宣告气流的转变，不再葱茏的草木展示了一次寒冷的病症，悄无声息地脱落和突如其来的离别，制造了一张盛大的时光病历本。

2017年从掌心的纹路流向遥远的大海，而从它的山脊上脱落的，便是迎面走来的2018年的回响。

在这场盛大的告别仪式上，西湖翘首期盼一场漫天大雪，好让断桥升起烟云，孤山弹奏一首《从前慢》。一座百年印社栖居湖畔，在历史的刀光剑影和云卷云舒之中，为西湖锻造了一枚名叫孤山的时光印章。

大地辽阔，山川为证。这江南的湖山在新一轮时光的秘密会议中，又将收到一张怎样的通知书和履历表？我们将肉身投递大河奔涌，这些艰难的跋涉在岁月的潮汐里将收获怎样的病症和重生？

漫步孤山，黄昏脱落年轻的云层，晚风扬起一日的浮尘，树木从雨水里折回藤蔓。这一座百年的西泠印社也迎来了辞旧迎新的嫩芽与晨光。

这一年我们依然步履匆匆，而梦想的口哨似乎漫不经心，犹如四处散落的共享单车，提醒着我们曾经短暂到达的终点。

那些漫步湖畔的人在昨夜经历了多少跋涉和辗转？他们如今将昨夜的梦呓翻译成今日的早餐？湖山之间，多少少女的心事搁浅在西湖的暗礁？大地之上，多少少年的航船已经驶入遥远的大海？

2

这一年的山水我们小心翼翼地保存，日记本里写满了浮生的鸟鸣、晨曦、星辰和公交站牌。

西湖的波浪曾打湿一对恋人疲倦的裤脚，孤山的碑林也曾目睹人世的生死。在大地上行走，我们每一次的注视，都催促植物们向着黑夜更多地生长；我们每一次的拥抱，草地上的小蘑菇都会发出清脆的尖叫。

这一年我们渴望抒情，却在通往诗和远方的路上，陷入了生活的叙事学。凤凰山草木葱茏，是否借一匹良驹夜奔和辛弃疾对饮？如果酒酣耳热，再邀陆游带上他的表妹划船去王子猷的山阴？恍然间芳华不再，蓦然发现双脚陷入了菜市场的泥泞和孩子的哭声。

新的一年迎面走来，伴随灵隐寺的钟声，远山发出阵阵呼喊。所有的故事都会有它的结局，所有的过错也必然都会得到时间的原谅。

湖山依旧，大地常在，时光不动声色，新的一天仍有大河奔涌，也有坏损的脊椎节节败退。诗人海子说远方除了遥远一无所有，我相信每一个清晨都值得流泪和热爱。

新的一年，我们要继续歌唱，即使把嗓音压在西湖的一根芦苇里，云朵和石头也会感受到词语的震颤。

新的一年，和孤山上的花草一起积攒力气，不求红火，但要翠绿。

临安的雪

1

大寒已至，万物低垂，时光从掌心倏忽而逝，烙在石头上的字迹仿佛是一场前尘旧梦。寒冷驱散不了一簇簇的鸟鸣，西湖的鸳鸯仍是欢喜的，毕竟孤山上还有漫步的小情人呢。

石头要开花了，是要等到这湖水荡漾苍山负雪的时候了。

时光的这枚印章我们名唤西泠印社。硕大的孤山便横陈大地，篆刻一枚西湖之印。

大寒时节，四野苍茫，征鸟对南方的树木说，一场雪不远了。

总会有一个人及时地出现温暖你冻红的双手吧。那我们就搁置起笔墨，点燃湖面灯火，等待一场远道而来的雪……

"与你揉碎白云　等待雪的颜色"，是时候出发了——我们枝繁叶茂，在大地上行走，耽搁于共同的空气和花朵。

2

若非怀念一场旧梦，杭州一夜变临安城？

远去了的故国旧梦，再次呈现在眼前。积雪压弯了她的柳叶眉，江南的女子，谁又能说清楚她的前生？大自然的魅惑，好比千年前那只优美的蛇，总是有人冒险登上断桥，畅饮历史的风雪。

千呼万唤，巧笑倩兮，云层终于忍不住思念的重量，雪说来就来了。

历史捧出了这一场雪，好让西湖走出闺中梳妆，用苏堤白堤的一两朵梨花和桃花，唤得宝石山的春雷悸动。恰巧的是，在春天到来之前，苏小小匆忙从西泠桥上寄出第一封长信。

远方的人啊，我以江南之雪款待你，将如何？

收信的人藏在云中，在一场雪的背后。

3

孤山负雪，没有人将雪重新推回天空，西湖有些冷了。湖中的鸳鸯耽搁于做梦，懒得卿卿我我。不如雪中漫步，觅得一只野鹿？

大雪落满马蹄，落满小朝廷的游船，落在了宋徽宗头顶的那一群吱吱呀呀的瑞鹤的翅膀之上。

灵隐寺的钟声击落了宝石山的积雪，如一场大梦初醒。

弘一法师沿着曲曲折折的鸿雪径走来，头顶一轮明月，脚下白茫茫一片大雪。

他的双手冻得通红，握不住一场残雪的春梦。去国的船如梦如烟，如泣如诉，不如这一座负雪的孤山。

人世漫长，经文劳形，一生被湖山豢养和流放——帝王发号施令都不及我畅饮这大雪的女儿红。

4

积雪刚从眉梢消融，东风就递来长信，红杏枝头春意闹啊，可不是闹着玩的。

孤山收敛起冬日的一抹残阳，溪水就打开窗子，让鸳鸯欢喜。

从残雪的衣袖里，孤山绽开了十万枝梅花。光影声色都已赤裸，昆虫们忙碌着搬运春天，制造一场爱情的交易。

唯有在这个时刻我得以幸运见识西湖的真容。宝石山上的树木和石头密谋一场关于雨水的会议，它们的聆听者一定是西湖里的鸳鸯。做梦让鱼群疲惫，不如一个仰泳，溅起的波浪打湿了苏小小出门踏青的裤脚。

雪的来信太长，耽误苏小小放风筝的时间。游山玩水的公子坐高铁回家过年了，也没有关系，要紧的是孤山被梅花和飞鸟占领了，便没了谈恋爱的去处。

自由本来就是枝繁叶茂的样子。在她制造的盛大的虚无和空旷中，我应该以热泪回应，成为林间一只不知名的昆虫，一片叶子或者一块石头，成为春天的一部分。

谢谢这江南的湖山允许我漫步在她的领地，并赐予我这如此明亮和辽阔的爱的奖赏。

疯狂的油菜花

"二月。墨水足够用来痛哭／大放悲声歌唱二月／一直到轰响的泥泞／燃起黑色的春天。"你说你很喜欢这句诗，因为我们是从二月出发的，可是你不知道它的主人是帕斯捷尔纳克。

阳光温柔地照耀，山坡上隐约浮现河流的脊背，古寺和庙宇从晨雾中褪去矜持，独坐山冈，河流里涌动晨祷与钟声。你的视线如温柔的波浪被钟声逼退，落在铁轨旁的油菜花地里。露水打湿你的睫毛，花香弥漫，你的慵懒瞬间绽放。

我站起来帮你打开窗户，然后退回来，隔着窗帘欣赏你的倩影。相机在车窗外响个不停，像你的好心情。你的长发在窗外飞行，撩拨着我的眼睛。这是南方的二月，没有人打扰我们——他们还不认识我们。绵延的铁轨退回原处，从相机里弹出一条金黄的丝带。

穿越一排排幽暗的隧道，春天迎面走来，阳光热烈了，有人正好睁开眼睛。此时车厢里躁动起来，火车已过黄土高原，有人听见铁轨两旁油菜花的呼喊。洪水一般从山坡上席卷而来，泥沙飞溅，石头滚落，油菜花像二月一把温柔的刀刃，劈开混沌。

你退回来，说山坡上的花朵多美啊，让人又无可奈何。你的喃语轻轻地覆盖着我的肌肤，像透明的白云，我闻到一阵油菜花的芬芳。你是一个温柔的女子，贴着我的呼吸，潮湿的掌心的汗，都是一种久违的奖赏——仿佛你的陌生也是可爱的。

记忆如花香被阳光烘干，然后随风飘散，一直散落到你的画卷，水彩或者素描，都是你从大地那里采摘而来的礼物。那时候你都可以闭上眼睛画下我的每一个部位，我的倔强的脾气，我的轮廓，那些线条在指尖游动、流淌，最后褪去颜色。

春天拍着节奏，火车向油菜花的腹地进发。这种芬芳越来越凝重，逼入肌肤，泛起涟漪，我的过敏来自于久违的幸福。火车驶入秦岭，隧道负责接纳我的恍惚和思考，在这短暂的行程中，我得到了慰藉和空间，而油菜花一路紧追不舍。

我说在火车站的潮水中，你是一株温婉的水仙，独倚栏杆，含情脉脉，你的画笔在指尖流动，像一尾彩色的鱼。风声沿着隧道细细流淌，像一条蓝色的小溪。它游弋着，从一个北方的冬天，穿越漫天风雪，停泊在我的肌肤上喘息。夕照无声，间隔的岁月化作一排排青山默默。

摊开窗帘，浮出水面呼吸，春天扑面而来，此时"太阳强烈，水波温柔／一层层白云覆盖着我……活在珍贵的人间／人类和植物一样幸福／爱情和雨水一样幸福"。我说远方，你的眼睛瞬间噙满泪水，像一幅黯淡的水彩，你的睫毛招摇着，油菜花在外面扭动着腰肢。

火车在一个小站停下来，很多人离开，很多人走上来。窗外一群乌鸦聒噪，这群黑夜勇士，像滴在天空这张白纸上的几滴墨水，逐渐扩展、蔓延、化作梅花。你坐起来瞭望远方，夕阳散落一地。远方，除了遥远，一无所有。你触摸到诗人的疼，它从铁轨上袭来，宿命的味道。

远山苍茫如幕，一排排巨大的钢琴，弹奏着孤独。油菜花忽然暗哑，像一个面临离别的孩子，蹲在铁轨上沉思默想。沿着疲倦苍老的树身，二月不断地攀援上升，抵达一个苦难的顶点，像一条青蛇吐出舌头，我的枝头裂出一朵紫色。

火车再次启程，你抚摸着我的手指，那些沉默的蜡烛瞬间熔化，只有尾指上的戒指岿然不动，运送着尘世之光。阳光的刀锋已经撕烂了我的旧衣裳，淹死我吧，油菜花，我的牙齿已经排列整齐，布满天空，看它们已经长成跋涉艰难的悬崖。

暮色给大地披上睡衣，你的眼里还闪烁着花香。油菜花的波浪逐渐熄灭，如你栖息在我的肩头。人们陆续沉寂，潜入水底，陆续抵达一个个梦境。这个姹紫嫣红的春天，哪一个梦会是我们的呢？

穿越一座青山就抵达远方的城市。油菜花，安心睡吧，不要害怕，也不要流泪，这世界是噪音的花园，没有玫瑰。

写给南方的信

1

"南方是一匹马／正以露珠和缓慢的树木加冕"，聂鲁达吐出这朵花瓣的时候，我决定出去走走，采河畔的那些野草莓，再到山坡上种一棵小树。树的名字就是你名字。赶在植树节，再用一点眼泪，把我也一起种下去吧，但必须长在你的旁边。

黄昏的时候，纸上忽然起风了，我还没有完全准备好自己。我们之间始终隔着一场大雪。泪水在雪地上盛开莲花。你坐在莲花上翩跹起舞，罗袜生尘。而当我回首南方，你就退回风暴中心，化作一个词，一个虚词。

一首诗尚未完成，大雪开始漫卷荒野。我坐在空空的房间，整理旧诗集和明信片，似一个收殓的人，守护着亡者最后的尊严——这最后的精神遗产。此时，词与词之间十个天使飞舞，翅膀交错的声音穿越虚无，并从中升起爱情幻象。

我被音乐拉回从前，却被卡在耳机的一个入口。那时候，我把月亮挂在你家屋顶，并派去一只叫春的猫——请你不要睡觉！在深夜研究修辞和字典，把情诗写成香喷喷的回锅肉。你的白裙子盛开的季节，跟踪你回家的人，撞见建设南路一棵开花的树。

忧愁像一朵蘑菇云在头顶盛开。拆除骨架和神经，今夜，我翻箱倒柜，拎出湿淋淋的往事，拿悲伤对换月光。黑暗涌向指间的烟火，当我吐出"南方"这个词，潮水涌出诗集，集结队伍，顺流而下，载我回到成都平原。

2

衰老，近似一种善意的雕琢，蔓延恣肆，鲜花盛开。一个被往事放逐的人，对上帝的时辰持有足够的敏感，而我的痛苦来自于所不能认识和抵达的那些事物，仍在骨头里彻夜呼喊我的名字。

流一点泪吧，慢下来，坐在椅子上和自己说说话，开一个私人座谈会，让灵魂附体，和自己握手言和。重新走遍身体里的山水，把不该认识的人一一删掉，再抱一抱自己——这些年能够抵御寒冷和孤独的，源自二十岁那年小树林里一个羞怯的吻。

凌晨两点半，我的皮肤贴着一片窗花，从那里探知春天，预备更多的生活抵挡孤独。而一封情书却遥遥无期，我只能做出等待的姿势。总是有一些呼喊在夜晚抵达，认领各自的位置。已经是凌晨了，他们说，蜡烛也熄灭了，而我只嗅出了一个女子的味道，浮躁的命运霎时就在指尖化为一片缄默。

我还是决定给你写一封信，收买时光和地址，和静安路五号也都打好招呼了，就说今晚我要回那里取一点内容。雨水里的图书馆和图书馆里大眼睛的小姑娘（那时候，桂苑的枇杷树刚刚开始闪耀着橘黄的小乳房，中文系的小蘑菇发出清脆的尖叫）、红色居民楼下的槐园，我都拿走了。

南方一摞一摞，堆积在我的窗前。这雨季里疯狂生长的艾草和荆棘，我该如何消化它们？一枚旧戒指，由于时光的摩擦，有了血的颜色。翻动诗集，那一朵蔷薇在深渊处绽放缓慢的孤独，一定缘于青春，或者蓝色的爱情，它的喧响是风洞穿石头的心。

收购故事的人

1

梦中他再次与父亲断绝关系，独自远走他乡——他所有的梦魇源于不幸的童年。

他的孤独来自于小小的心灵无法装下浩瀚的星空，以及他始终长不出父亲的胡须和抵达父亲的高度。

放学回家的路上，他咬牙切齿地把父亲的名字写在一棵大树上，并朝它撒尿。仿佛这个男人就淹死在他汹涌的河流里。

阳光牵引着一条曲折的乡村小路，贫困与病症在夏季的艾草中徘徊。父亲摇响了自行车的铃声，迫使他穿越医院门口的五棵松树。

靠着红色的砖墙，蜗牛背着牵牛花攀上了篱笆。松树、枫树、椿树，以及更多的不愿透露名字的奔向夏天——他的花园里藏着一只小鸟，啄食掌心的旧时光。

和小小的肉体坚决斗争，他今生所有的流氓气质来自一本禁书的启蒙教育。才子佳人的故事在连环画里频频上演，流星划过夜空，他的小火柴盒偶尔也会失火。

2

弟弟的婚礼上，他格外惆怅，仿佛自己是一个丢失故乡的人。

院子里的土墙拆了，狗尾巴草家族遭遇劫难；阳光下，一只老公鸡怀念曾经引吭高歌的城墙独自忧伤。

十八岁倏忽而至，他坐上开往成都的火车，将故乡丢在北方。坐在城市的阳台上，将一把木吉他弹成一柄利剑，收割夕阳。将骄傲的食指指向天空，咬牙切齿地生活，怀着同归于尽的心写诗。

除了苍天在上之外，慰藉他的还有原野上呼啸而过的风声。

他发现那些骄傲的女人都有一对挺拔的乳房。遗憾的是，他始终无法把情诗写成香喷喷的回锅肉。

不为五斗米折腰，但他决定为女人屈膝。

这些年为他抵御寒冷和孤独的，源自二十岁的黄昏下一个羞怯的吻。

连衣裙盛开的季节，他把自己关在房间里写作，上帝说这是一种犯罪。

有人说坚持的是梦想，他却说坚持的只是一种生活方式而已。

3

与父亲的和解开始于他在父亲面前抽的第一根烟。

当这个男人掰手腕已经不是自己对手的时候，少年感到了前所未有的孤独和惆怅。

他仰天长啸，头顶星辰灿烂，天河无限辽阔。

失恋之夜，他开始寻找故乡。炊烟似一场幻梦，雪落无声，田野里的老鼠窜过草垛，墙头上的老公鸡倚着一根狗尾巴草入梦。多么美好啊，那些此起彼伏的呼吸声……

夜，静如一潭死水，他仍沉溺其中，漫无边际漂浮。此时，点燃一盏孤独，母亲的呼吸在他的白纸上起伏不定。

意想不到的噩梦让他意识到，并不是日有所思夜有所梦，而是做梦的权利不在他——那些逝去的亲人想他了。

衰老，已经是一件无可奈何的事情，时间划过细密而美丽的曲线，蔓延恣肆，盛开鲜花。时光的马蹄声声，深夜写作的人把自己赶入绝境，不是别人，而是他亲手杀死了自己。

连续的阴霾让他习惯了关上窗户，而突然而来的阳光和亮起来的世界让他感到不知所措。窗外有人在喊他，一声比一声凄厉，一声比一声让他害怕，把他喊成一只阳光下的老鼠。

大雪覆盖村庄的时候，麦田里的风湿病和关节炎开始隐隐作痛。当他回首，青春与故乡已是一堆黄土，一块墓碑。

他以收购故事为生，前提是必须交出自己的故事——最后，他贫穷得一无所有。

每一次醒来后发现世界仍是旧的

每一次醒来后发现世界仍是旧的。

旧的面容和声音，旧的语言和脾气。都是旧的。旧的旧。

当我睁开眼睛，挪动四肢，听见心脏依旧喧响，看见呼吸从肺部升起云烟，确认自己还是旧的。我并没有像一条鱼那样，在地上躺了一会儿就死掉；也没有像老祖父那样，睡了一觉后就再也醒不了。我及时地醒来了，仙人掌还没有开花，阳光还有好脾气。都是旧的。旧的真好。

我还是旧的，手还是我的，那枚褪色的指甲分明是衰老的疤痕；掌心的纹路依旧是古老的花园和陌生的地图；那些毛发都有宿命的味道，它们热爱我；还有那些甜蜜的吻也是我的。

这里的空气香甜，头顶的墙壁依旧板着脸，篮球海报，枕边的诗集与泪水，旧毛衣和向日葵，仙人掌明信片……都是我的，都是旧的。它们一声不吭地站着看着我，仿佛等了很久似的，我想在我睡着的时候它们一定搂在一起交谈、议论，说我的怪脾气和忧伤。

你好，旧朋友。现在我又回来了，还是旧的脾气，旧的习惯，旧的思想。我的心还是一枚打不开的核桃，我的四肢柔软如紫藤，牙齿似悬崖上的钉子，眼睛如两瓣失眠的花朵，忧伤像一只猫睡在我身旁。

这世界仍是旧的。明天还有旧生活，旧的诗歌，旧的音乐，旧的破铜烂铁，旧的菜刀，旧的命运。头顶还会出现旧的星辰，梦里还有旧的姑娘。

这样旧地活着。都是旧的。旧的真好。

瞎子走在路上

瞎子走在路上，像路在走瞎子。

野草莽莽的冬天，阳光混沌的午后，瞎子走在路上，一根小竹竿，敲响一座城市午后的睡眠，撒落一地的幽暗碎片。

瞎子走在路上，瞎子睁不开双眼。瞎子从不用看路，瞎子抬起头走，路就自然而然在脚下蔓延。

寒流把他推了一个趔趄，一块小石头跟他开个玩笑，三只蚂蚁挡住去路。瞎子坐下来和它们谈判。瞎子没有买路钱。

瞎子给它们讲故事，唱一首歌，名字叫《如果再回到从前》……

瞎子继续走在路上，左边走走，右边试探，瞎子像在初恋。

叮叮当当，仿佛叩问大地，一下一下，砸伤肉体。一根消瘦的竹竿撑起他的命运。叮叮当当，仿佛演奏音乐，一下一下，洒满歌谣。一根快乐的竹竿写下他的语言。

公路边车水马龙，人们言说欢笑，奔驰宝马风驰电掣。

五百米的距离，瞎子摸索了一下午，仿佛走完了一生的路。

这世界，瞎子走起路来比谁都慢，比谁都用心。

锈　说

　　一辆锈迹斑斑的自行车，车身上落满秋天的银杏树叶。它搁浅在银杏树下，陷入往事的泥淖。不喜欢说话，仿佛它的沉默也是和时光谈判。一场秋雨一场寒，一天不如一天了。病入膏肓。它无所谓。它自甘堕落。它必死无疑。

　　骑车的少年也生锈了吧。毕业的公章结结实实地盖在青春的屁股上，离别的碎啤酒瓶仍隐隐作痛。刚刚跨出校门，爱情就卡在南京南站的检票口。眼泪断断续续，一些翻山越岭，一些仍困在原地。多年后，自行车锈成一摊流水，他相信爱人的白裙子还在后座上盛开。

　　晚风安静下来，流水锈在云间，几只鸟穿梭水草啄食鱼群。马塍路上的行人拿着钥匙，急于打开生锈的家门。楼下的铁匠铺熄灭了灯火，他刚刚提起的笔，和一场雪一起锈在路上。几个词语在打雪仗，信笺上大雪茫茫。

　　十一月是一个动词，植物们诉说着森林里缓慢的变化。枝条在空气中震颤，掌心的溪流蔓延，逐渐弯曲的是男人们生锈的脊背。来不及欢欣，爱人刚刚绽放的两片薄薄的小嘴唇，锈在一场乡村婚礼里。

　　鸟群如一排排密集的钉子，天边的乌云锈成雨水。黄昏一路溃败，树上的橘子被流言中伤，即将踏上腐烂的路程。失败的人拿尺子测量自己，在雨水到来之前种下一棵小树。每个夜晚他都能听到流水生锈的声音，拿来的扳手并不好用，或许应该用一个吻打开它的唇。凌晨的花朵只有刹那的绽放，一秒钟之后就闭上了眼睛。

他继续写诗，在夜晚翻箱倒柜，整理那些破铜烂铁。皮肤上锈迹斑斑，是一场浪漫的病症。苔藓越过弯曲的脊椎向时间的腹地蔓延，它的回声仿佛一片叶子从十楼坠落，这惊心动魄的过程几乎要耗尽他的一生。

半山纪行（组章）

登山记

春潮卷起运河的波浪，打湿诗人们踏青的裤脚，撞翻了一只蜜蜂的细腰。越过几个词语的韵脚，忽然就来到了半山脚下。

半山，总是让人念想：另一半的山哪里去了呢？

草木葱茏中，虫鸣落满台阶，落在了文天祥的铁券丹书上。

历史的气流扑面而来，摇摇晃晃的不仅是诗人们艰难跋涉的脚步，还有一个纸上苟延残喘的小朝廷。

暮色里我们拾级而上，将诗歌和刀剑藏于热气腾腾的怀中。

望宸阁近在咫尺，像是一首诗歌的制高点，我们急于按捺住气喘吁吁的心脏，并娴熟地落款。

晚风摇响历史的风铃，望宸阁立于迷人的夜色中。

饮酒记

举起酒杯，大丈夫当一饮而尽！将半山和运河装入酒杯，款待远方的客人。如果再加一点诗歌的助燃剂，酒杯中就荡漾出一个热烈的江南。

酒中天地大，喝了这一杯，你就是那个写诗的君王！

游人如织的桥西直街，货船拉起汽笛穿越拱宸桥，都不妨碍我们干了这一杯酒，都是怂恿我们千杯不醉的背景！

天地摇晃，脚步凌乱，我们的胃里翻滚着一个姹紫嫣红的春天。

有人将半山打包寄走，也有人将运河揽在怀中入眠。晚风卷起春天的舌头，运河的波澜里涤荡着一杯酒的前世今生！

写作记

春天如此盛大。四月的蛇缠绕着我，如故乡的河流拥抱我，陷入一场热烈的爱恋。

一个个写作之夜，她勒紧我逐渐肿胀的中年。

春雷漫过望宸阁，击落几片南宋的花瓣，也无法撼动我手中的笔。

月光洒满我的一生，我仿佛看见了皋亭山上的文天祥！

虫鸣如历史的一声声叹息，在运河的波浪里此起彼伏，落在了今天我们铺开的稿纸上。

历史的兵戈凌乱之后，半山，我该如何用诗歌来描述你？

在每一次艰难的呼吸里，吐出的这些颤抖的语言——是你迷人的风信子吗？

唯有青山依旧，石头的光芒永恒。

我将无限臣服于你的法则，一生注定被语言和星辰的光芒灼伤。

成都情诗

1

谁偷走了那个日期？从我生命的日历本里悄无声息地撕掉这一页？

在这首诗里，我写下全部的你，再挖一个深深的坑，埋藏你孱弱的背影。

最后给我们的爱情竖立一座墓碑吧。就用那个秋天离别时的枫叶，在每一片叶子上都血肉模糊地镌刻上我们的名字。

我所面临的黑夜中，时光的长河一次次擦亮了成都——我们的爱情墓碑。

2

成都是一株幸福的花草，缓慢地生长出我们的爱情。

用一枚蓝色的信笺，蘸上一些初春的雪水，写下肉体的芬芳。春天捉摸不透的脾气，以及你的小小的妩媚，如初次绽放的野草莓，我要一一品尝。

白衬衫加上红毛衣，荡漾在南方校园里的整座春天；那么鲜艳的背景里，滚烫的火锅店煮着我们热气腾腾的青春。

红辣椒可以更辣一点，反正青春有大把大把的调味剂。喝不完的啤酒，就像有说不完的忧愁。在萨特的哲学课上，我们一起虚无吧，中文系的才子自然会把情诗写成香喷喷的回锅肉。

3

在美的祭坛上赴汤蹈火，在爱的泥淖里沉浮挣扎。

春天敞开空荡荡的腹部，成都平原千里花草倒伏。

昆虫们渴望着光，我们热爱黑暗的小树林。所有的人都在抓紧时间虚无和恋爱。那些在校园门口排队高耸的小乳房里，藏着开启青春之门的神圣密码。

4

毕业前的宿舍寂静如宿管阿姨的中年危机。

给你写的诀别诗，如那个连绵不绝的雨季。还没有来得及喝完最后一瓶雪花啤酒，我的小小的爱人就坐上啤酒瓶盖飞走了。

再见，成都！再见，成都姑娘！

相忘于天涯，相同的姿势已经势不两立。我们陌生如一棵树上两枚杏仁，苦涩是唯一的含义。

5

天气冷得似情人的缄默。坐在空空的房间，没有人说话，报纸的翅膀飞舞的沙沙声。

在远方，是否有人在无声地喊我，隔着多少层峦叠翠的山峦？是你在喊我吗？我身体里的群山与河流开始呼应这远方的声音。

两把旧椅子呆呆站立，借助它们我扶起破碎的日子。离开成都，我投身北方的城市，陌生的方言卷我入流言之中。

此时，黄昏继续弹奏离别的琴键，你的衣袂还在屋子里缠绕着一个巨大的空无……

6

夜晚，与天斗其乐无穷，与失眠斗其乐无穷。

钻进明信片和旧报纸，在学习做梦之前秘密潜回成都。

吞掉芙蓉花、矿泉水与一枚铜质的钥匙，反刍潮湿的往事；消化不良的胃，肿胀着一座明晃晃的星空。

除了一具伤痕累累的肉体，我空空荡荡。黑键与白键在做脑筋急转弯，潜流深处鱼群舞动夜空的银河。

7

江南的雨季如女人的经期般稠密、黏人，又无可奈何。

一个个写作之夜，雨水煽动植物暴动，花朵内部急速升温，词根的暴雪炸裂。

让失眠和支气管炎说话吧！我的后遗症是被时光禁止的悲伤！

8

在明信片上写几个字，寄给一个陌生人；和一株蔷薇说说话，在它旁边种下一棵芙蓉树，祝福它们成为朋友。

在回忆里，我们偿还着彼此的陌生，又搁浅于一次次毫无意义的试探。

遥远的静安路啊，那条铁路已经从我的肋骨间强行拆除，折断了——这盛大雨季里的回去的路。

9

距离拉长了思念的线团，而陌生又丰富了想象的可能。

我还是决定给你写一封信，和静安路五号都打好招呼了，就说今晚我要回那里取一点内容。

离别之后，我在夜晚召集失散多年的山水与词语，轻轻地压缩在这封信里。

10

这一生中唯一的联系就是写给你的这封信。现在又回到我这里，仿佛它从未寄出去。

在晚自习的课堂上，歪歪扭扭的字体说明了我的心理曲线，而草草的落笔像一场遗憾的雪，没有来得及白头偕老就悄然退场。

一首笨拙的情诗，像一个木讷的乡村少年，卡在火车站的检票口，似乎从未登上你的爱情列车。

11

黄昏在远山歇成天堂，登高望远的人必定怀有某种因缘。

晚风如故人，再次来到我的身边，说别来无恙，说好久不见。

当我叫出你的名字的时候，远山上一朵小花沿着石头的脊背悄悄地绽开了身体。

多年之后，我依然会记起南方的黄昏，微薄的夕照中一个少女引领我撞见的杉树林——那些叶子的甜蜜与苦涩。

12

你的名字是一把旧钥匙，它的主人是谁？

是一枚彩色的纽扣，锁住了春天的转弯。

是一棵小树，长在我三十岁河流的入口处。

是一种骨刺，一次牙痛，或者轻微的脑震荡——一个男人生命中的无法治愈的后遗症。

13

窗外，雨水将夜拉入深渊。

我坐在空荡荡的房间写诗，制造几个生活的惊叹号。异乡人，听不懂方言，抵触陌生的情绪。

回忆被雨水渲染，喜欢添油加醋。三只蚂蚁爬上文字搬弄是非，电风扇得了支气管炎，旧报纸说着风凉话。

我收集往事的梦呓，翻译成热腾腾的早餐。

谁在这夜里潜伏？飞机票写着六点半。

14

夜色漫过飞鸟的翅膀，旧报纸冰凉。

楼下的两棵枇杷树静默地闪烁，照亮孩子们摸黑的游戏。

十年之后，我已流落江南，而你又漂泊何方？

15

这些都是我虚构的，一本旧诗集里填满那么多的爱情。

春天，我的河岸上盛开着往事的鲜花。

过来认领自己吧——旧情人！

你看它们残忍绽放的样子，已经用尽了我身体里的黑暗和血！

16

成都，我遥远的爱人，我痛悼余生为我们的爱情建造一座纪念碑。

每一块石头都是从我的身体里挖出来的泣血的词语！

辑五　相关评论

无论是三十岁以前放逐青春的自由激荡，还是定居杭州之后的湖山苍翠，卢山的诗歌里都贯穿着他"铁肩担道义，妙手著文章"的精神气度。近年来卢山已突破了青春写作的艺术方向，围绕着"湖山精神"而建立了中年硬汉写作的"柔软之心"。（尤佑）

热血、骨头及山水

——评卢山的诗歌创作

尤　佑

> 凡一切已经写下了，我只爱其人用其血写下的。
>
> ——尼采

　　回溯并展望卢山的诗歌创作，如窥镜自视。当然，诗路千万条，我们每个人走在自己的求索之路上。作为"85后"诗人的卢山，因独特的漫游经验而显得坚韧早熟。作此评时，我有意将其诗歌中的地域特点及创作履历梳理一遍，以辨析他的诗学追求。

　　生于1980年代的我们，对改革开放带来的异乡经验，不容忽视。异域的感召，令诗人满怀激情，也正是这种迁徙令我们的诗歌在不断推翻中矫正、建立。近些年，卢山在杭州建立了一个故乡。这既是归宿，亦是对人生的诗意延展。如王鼎均所说："所有的故乡都是从异乡演变而来，故乡是祖先流浪的最后一站！涧溪赴海料无还！"

　　三十二岁的卢山，以一本《三十岁》，作别过往。继而，他又将拿出新近力作，以展露定居杭州的中年心绪和湖山馈赠，真可谓厚积薄发啊！历经偾张的青春、迷惘的青年、短暂的迷失，他得到诗神的眷顾。正如但丁在《神曲》中所说:"在三十五岁那一年,我发现自己站在一片幽暗的树林里。"正是缪斯的引领,置身于当下水泥深林的卢山,才得以走出困境,收获了文学、事业、爱情、家庭上的硕果。他以诗为向导,在密集的语言丛林中,保持旺盛的原创力,对生活进行积极的探索。

卢山常说,诗歌的血不会冷,亦如他的生命,始终在闯荡与沉淀、故乡与他乡、固守与自由、现实与理想之间对峙,融合。他的诗歌技术有一大鲜明的特点,就是"语言冲击强",像是重金属音乐,具备撼动人心的力量。比如:"火车"盘踞于"骨髓""齿轮咬着肋骨"。

> 这几年我常常在梦中被一列火车惊醒
>
> 有时候是绿色的 或者是红色的
>
> 它盘踞在我的脊背上,齿轮咬着肋骨
>
> 呜呜的鸣笛声,在秦岭的隧道里一直没有散去

诗歌《三十岁》中的"这几年",大抵指的是他来杭州工作生活初期。2016 年,我与他相识,视他为知己,获赠他的自印诗集《最后的情欲》。窃以为,卢山为人作诗相当自由、硬气,他瞄得准、稳得住、有热血、有耐心。他对诗歌的追求执着而虔诚。同时,他还具备非常强的组织能力,在人生不同的阶段,他都组建了一些诗歌阵地。

2018 年,卢山诚邀我参与《新湖畔诗选》的编辑工作,他的信任让我深受感动。尤其是我们同为"80 后"诗人,且兼事评论,有较多的共同话语。且我们都是异乡人,现定居于杭嘉湖平原,这

让我们血液里的诗歌因子有些类似。2019年，《新湖畔诗选》已出三期，积攒了一些人气。作为诗人、评论家的卢山也正式出版了自己的诗集《三十岁》。手捧这本墨绿色封面的诗集，我发现其创作跨度很大。那些饱含热血的句子，似一颗颗坚硬且洁净的牙齿，诉说着抒情往事，袒呈出一条自我求索之路。

的确，这个时代给我们以合理的焦灼、迁徙、激荡与辽阔。诗人卢山注重诗学建构，善于融合、锻造诗艺，将扎实的知识经验与生活阅历交融。他有着骨子里的自由精神。其诗意从故乡安徽宿州的石梁河出走，曾以海子为"我的王"，是为滚烫的青春之歌；而后在四川成都读本科，近草堂而现实，染莽汉之雄性气质；在六朝古都南京就读研究生期间，他与友人马号街等人创办民刊《南京：我们的诗》，与韩东、朱朱的"他们"相呼应；而今他定居浙江杭州，工作地就在西子湖畔，得人生领悟与山水惠赐，"开自由之风，向湖山致敬"。"我生乘化日夜逝，坐觉一念逾新罗。"不知卢山坐在宝石山观松鼠在晨雾中跳脱，是怎样心境？他的未来，又会有怎样的惊人之诗？还是让我们保留期待吧！

卢山说，诗人是一种宿命，而诗歌是一生的事情。回到原点，卢山的诗歌启蒙与海子相关。1989年3月26日，海子在山海关卧轨自杀，年仅二十五岁。而后的十余年，海子和他黄金般的诗句，一直在天空舞蹈。生于安徽宿州的卢山，在高中时期，就阅读了大量的海子的诗歌，直到2014年3月，卢山和诗友到海子的故乡安徽安庆查湾，完成了一次诗歌寻根之旅。

或许，我们可以假想：如果海子活到三十而立的年纪，他的诗学世界面貌如何？那片五月的麦地上长出的芒刺，是否会像诗歌的太阳一般灼热？

我尝试带着这样的疑问，读卢山的《三十岁》，并找到了个体生命对时代的设问："父亲，这些年你教育我成为一个真正的男人/你说，三十岁的牙齿要比二十岁更加锋利/敢于啃硬骨头吃螺丝钉。这是你教育我的方式/要让我成为另一个你吗？"

显然，卢山抛弃了虚无而敏感的幽暗之血，从父辈那里承继了粗粝与坚韧。这份诗意之光，指引他向前奔突。

十二月的天气已经在玻璃窗上写下斑驳诗句。
穿过风雪，我寻觅到铁轨旁的两株梅花
仿佛一位倒下者擎起的血红双臂。

"大雪封山　生存艰难"。
我伸出手去　触摸到诗歌的鲜血和
梅花的骨头。以及春天里的山海关
桃花插满土地。

"诗歌的鲜血"和"梅花的骨头"，好一对鲜活的意象。卢山总能在平淡的生活中找到诗意。他信服王国维的"有来斯应，不以力构"，循着"不会冷"的诗歌之血，随机孕育灵感。这首《车过山海关》写于2009年，诗人的思绪回到1989年的那一瞬，以想象重构海子卧轨自杀的一幕，将凛冽与炽热对抗，由"鲜血梅花"到"山海关"的桃花，诗人将海子这位殉道者看作诗歌界逐日的"夸父"，他的勇敢与献身精神，为后世留下一片桃花。诗人在最后写道："我的陡然一酸：火车已过山海关。"此句落于个体感受。"已过"一词，恰恰是诗人对脆弱的一次挥手。

历经岁月砥砺，卢山的牙齿愈加锋利。从故乡走出，他在激荡的青春岁月反观流逝的时间，又确定新的目标。除了阅读《最后的情欲》《三十岁》两本诗集外，我专门查找他的博客。微信时代，他的博客久未更新，像海子去北京读书时带的木箱一样——那里存放着厚重的诗歌记忆。每一行文字，都记录着他的诗意日常。正如："这些年，每一次远行，在生活里翻山越岭／那路上的大河奔流，每一次沉默的哭泣／我所遇见的每一株草木和花朵／都是我写给故乡石梁河的情书／／今夜，我要给我的石梁河写一封情书／我的二十岁的热气腾腾的成都、江南的燕子矶和望江楼／以及三十岁的宁静的西湖／——都一一折叠好放进这封情书"

卢山的成长与成熟，抛弃了诸多语言上的虚无。他为了避免高蹈，有意地将语言坠入日常生活。而诗歌一直伴随着他的行走。较之同代人，卢山在求学期积淀下来的文学素养，甚为优厚。他身上的书生意气、硬汉豪气，并成为一股冲劲，为他的诗歌之路铺垫了情感的基石。我第一次登门拜访时，被墙壁上悬挂着的"情诗"给惊到了。遂想起，那句举重若轻的"腰间悬挂着一万吨情书"。眼前的诗歌赤子，竟然把写给妻子的情诗，装裱并悬挂于爱巢。此举，可见他的赤诚。又或许，在那一刻，我读到了卢山细腻的一面。

你说，睡前再给我讲一个江南的故事吧
我隔夜的胡须忽然陷入泥潮湿的腹地

你少女的心事还搁浅在西湖的暗礁
我三十而立的航船已经驶入遥远的大海

不能说，卢山擅长写情诗，毕竟他不是纪伯伦，不是洛尔加，但卢山确实写了很多情诗。如《悬崖——致爱人》《雨》《西湖的情诗》等。爱情是人类文学史上永恒的主题，一部不朽的爱情诗篇如同一个动人的爱情故事，可震撼人的心灵，激发人美好的向往。同时，爱情诗或情歌也是人类文学史上最早的文学体裁。我们也应看到，富有特质的爱情诗是并不容易完成，它考验着诗人捕捉现实素材的能力。卢山的爱情诗创作，巧用隐喻，令人读来韵味十足。在《小夜曲——给 HF》中，卢山尽显抒情本色，即物起兴，娓娓道来。爱情始于浮生的声色犬马；"睡前再给我讲一个江南的故事"的请求则尽显"爱人"的依恋之态；"少女的心事"与"三十岁的航船"暗含协和、包容之意。卢山的诗意人生源自于他对生活的发现。对于一个珍视生活细节的诗人来说，卢山的求索之路显得稳重又富有耐心。

为什么要阐释卢山的情诗？在于卢山诗歌的精细化处理，令其诗歌越来越有嚼劲。出于自身体验，我觉得三十五岁是个坎儿。过了这门槛，中年生活的精神境况初露端倪，而人们对自然万物的感知愈发精细。"经海子、莽汉、民谣而成卢山"（马号街），不再局限于热血、青春、爱情、怀乡、矛盾、纠结。他敏锐地抓住了当代诗歌的抒情本色，结合人到中年的体验，将诗歌真正融入日常抒情的语境。

作为抒情诗人的卢山是生长的。他总在不断反省自己，不断审视诗歌。作为新世纪汉诗发展的观察者和实践者，他倾力关注青年诗人的原创力，一改当下被迫叙事的困境，承续汉诗的抒情传统。最可贵的是，卢山对现实的介入，令其诗歌饱满又深刻。

显然，谈论《三十岁》及时下的卢山，不可回避的是湖山精神。当年轻诗人一头扎进美丽的西子湖畔，他是否有过迷失？究竟是他驯服了山水，还是山水软化了他？我依稀记得鲁迅曾说："至于西湖风景，虽然宜人，有吃的地方，也有玩的地方，如果流连忘返，湖光山色，也会消磨人的志气的。如像袁才子一路的人，身上穿一件罗纱大褂，和苏小小认认乡亲，过着飘飘然的生活，也就无聊了。"（川岛：《忆鲁迅先生一九二八年杭州之游》）

刚入杭城的卢山，带着浓郁的异乡情愫。他反复提及的"马塍路"正是南宋时期的花鸟市场，时至今日，那正是弥漫着人间烟火的市井之地。他在《马塍路的夏天》中呈现出来的焦虑，正代指着当下中国的"新都市人"的生存窘境。

当我闯入马塍路口的时候

农贸市场的火锅店

正煮着香喷喷的夏天

梧桐树一声叹息

吐出一个异乡人

检查户口！交出暂住证

人们用方言剥光我的衣服

"闯入"这个词暴露了诗人陌生的心理。志在四方的青年人，获得一份较为稳定的工作。这才是自己支配生活的第一步。卢山到了杭州之后，写出了一系列关注底层人生活的诗歌。"梧桐树一声叹息／吐出一个异乡人"，诗人对穿梭于街衢的外乡人有了身份的体认。杭州的天堂之美，对于尚未安定的年轻人，构成了一定程度的伤害，也唯有这份美丽的疼痛，能促其快速成长。

一定程度的外力撞击，有利于安顿灵魂。卢山正是在这种惶惑与辨认中，明晰自己对山水的愿景。近些年来，事业家庭均稳下来的卢山，创作进入井喷期。像许多写作者一样，他在公文和诗歌中转换，白天为稻粱谋，晚上诗歌创作。这种忙碌而富有挑战的生活，并没有让美丽的西子湖消磨他的意志。他由莽汉变成了硬汉，由游子而成赤子。其"深夜写作"，令我想起王家新的《尤金，雪》中的句子："一个在深夜写作的人 / 他必须在大雪充满世界之前找到他的词根 / 他还必须在词中跋涉，以靠近 / 那扇唯一的永不封冻的窗户 / 然后是雪，雪，雪。"显然，卢山在富有挑战的中年生活中找到了"爱与担当"的词根。"如中年人的叹息 / 满腹牢骚，能否对换明日的早餐"，这就是一种中年的担当，亦是现实生活和写作理想之间的纠缠与对抗。

如今，我把卢山的诗歌创作定位在"硬汉写作"。无论是三十岁以前放逐青春的自由激荡，还是定居杭州之后的湖山苍翠，都贯穿着他"铁肩担道义，妙手著文章"的精神气度。在《三十岁》中，卢山已突破了青春写作的艺术方向，围绕着"湖山精神"而建立了中年硬汉写作的"柔软之心"。湖山、怀乡、血缘及纯粹的理想主义构成其诗歌的古典写意；现代、都市、体制及归尘的日常生活又反制抒情传统，由此产生泥沙与磐石、螺丝钉与骨头、爱情与担当……令其硬汉诗学日渐明畅：

> 我一口咬掉尾巴的时候
>
> 河流里的鲫鱼在喊疼
>
> 我用力折断肋骨的时候
>
> 田野里的一头牛在喊疼
>
> 我用刀切开翅膀的时候

树林里的飞禽在喊疼

在胜利者的餐桌上

河流、田野、树林和天空

排着队在喊疼

近年来，我因参与《新湖畔诗选》的编辑工作，与卢山交流诗歌相对较多。尤其是2018—2019年，卢山的诗歌创作愈发精进。表面上看是写作题材的延展，实质上是语言内部发生了变革。比如《喊疼》一诗，依然保持着一贯的"对垒"关系，但形象推进、意象重塑，将生活的诗意层层展露。卢山运用"一生二，二生三，三生万物"的方式，一步步将都市生活的紧迫感表达出来。"在胜利者的餐桌上／河流、田野、树林和天空／排着队在喊疼"，诗人感到现代文明与自然环境的割裂，由此产生的身心疼痛，不言而喻。他所传递出来的所谓"胜利者"，带有反讽意味的现实拷问——究竟谁是胜利者？谁又是被害者？

卢山的语言生发能力令其在诗路上不断地跃进，他以强烈的个体意识抗击着外部世界的挤压，血液、牙齿、腰间盘、骨头、脊椎等词语在他的《三十岁》中反复出现，由此产生的生命诗意，既是现代生活的超现实表达，又还原个体生活的困境。由此说，卢山的诗歌表达自成体系，有较高的辨识度。在西湖山水的浸染中，他重新定位自己的写作人生。当我读到卢山的《登望宸阁兼怀文天祥》时，我发现他的语言愈发奇崛，犹如嶙峋的山石，冷峻而盈满：

暮色深沉如一位英雄的穷途末路

头顶的风铃忽然陷入某种神秘的沉默

我们都将进入时间更深刻的一部分。

城下十万灯火，望宸阁正襟危坐。

　　望宸阁是一座典型的南宋式样仿古楼阁，位于杭州半山公园。卢山领着青年诗友们登临此处，读诗怀古，遂有感得之。无论是怀古诗，还是采风诗，都是极易陷入虚空。卢山对该事件的重构，曲直有度，兼及抒情与叙事。尤其是在词语推进时显示出来的思维品质，正是诗人独到而深刻的发现。"暮色深沉"与"文天祥"的悲剧命运相吻合，诗人将沧桑历史融入现实情境，"更深刻的一部分"是语言，亦是思想。依此诗观，卢山的语言触须已经深入到思想内部。他的身体为世间和凡尘所折损，又被湖山所补偿。卢山诗歌中的情感，正是现代都市生活人沉醉于湖山的美好而苍凉的感受。

　　梁实秋在《新诗的格调及其他》中说："自己创造格调，创造出来后还要继续的练习纯熟，使成为新诗的一个体裁。"经过十余年的探索，卢山把自己的诗意归属在宝石山旁，其颅内的血、骨与湖山精神交汇，形成属于我们这一代人的精神徽章。

2020 年 3 月 13 日二稿

2020 年 3 月 22 日再改

　　作者简介：尤佑，1983 年生。作品发表于《星星》《诗潮》《草堂》《野草》《诗歌月刊》等，诗歌入选多种选本，著有《莫妮卡与兰花》《归于书》《汉语容器》等。浙江省作家协会会员，浙江省"新荷计划"人才。现居浙江嘉兴。

青春成长的诗意叙事

——卢山诗歌读评

涂国文

人生三十，是一个独特的生命节点。行至此处，体验了一些生活，积攒了一些阅历，沉淀了一些情感，收获了一些体悟。青春在这儿悄悄拐弯，向着不远处的中年前行。由少不更事，进入成家立业阶段。青春在进一步成长，生命在进一步壮大。回忆与展望错杂，青涩与成熟交接。曾经的喜悦与伤痛，前瞻的憧憬与迷茫，奋斗的激情与现实的压力，物质的诱惑与精神的追求，等等，都有可能纠缠在一起，构成一幅五味杂陈的内心图景。

卢山的诗歌是一部"80后"青春成长记。诗人从石梁河出发，到成都读大学，之后到南京攻读硕士，毕业后来到杭州工作，直至恋爱成家。宿州、成都、南京、杭州，构成了诗人青春成长的四块里程碑。诗人将"二十岁的热气腾腾的成都、江南的燕子矶和望江楼 / 以及三十岁的宁静的西湖 / 都一一折叠好放进这封情书"（《我的石梁河》），封存在自己的青春档案里。

诗人漂泊的青春是无处安放的。诗歌《罗马帝国衰亡史》深情地追忆了"埋葬"在成都静安路五号（四川师范大学）的大学时光，"青春的导火索催促花朵爆炸的力量"，荷尔蒙在这儿肆无忌惮地释放，然而，转瞬之间，"青春已在千里之外 / 我带走的只是衰竭与损伤"……在时代的重重压力下，诗人的内心苦苦地挣扎，青春孤独而无助，放纵而迷乱，颓废而绝望，迷惘而愤怒，惊悸而酸楚，破碎而忧伤……在《我翻山越岭，在这八月夜晚巨大的宁静》一诗中，诗人说："我搬运词语石头，用一场磅礴的泪水 / 清洗这一座锈迹斑斑的青春纪念碑。"诗歌，成为拯救青春的诺亚方舟。这是一个人的青春纪事，也是一代人的青春脉动。

《告别》《毕业记》是诗人书写毕业的两首代表作。诗歌以幽默与反讽的手法，写出了自己与同学尚未做好充足的心理准备，便被投入社会的仓皇："该死的论文已经提交。体制的红公章 / 结结实实地盖在青春的大屁股上 / 交出钥匙！宿管阿姨说明天必须离校 / 这时候留恋也是一种违纪 / 408 宿舍的大门在暴雨来临之前关闭 / 我们纷纷提着裤子进入了中年"（《告别》）；"把自己装进一个个表格 / 再盖上体制的公章 / 最后归还学生证 / 交出钥匙 / 还没有来得及说出再见 / 就已经被宿管阿姨扫地出门 // 人们说我们已经长大成人"（《毕业记》）。青春是残酷的，残酷青春最伟大的导师是生活；生活磨砺青春意志，引导青春成长。

青春成长的残酷，尤见于涉世之初。"这几年我忽然沦为江河的过客 / 和车站的主人。在一座座陌生的城市里 / 交换着方言"（《三十岁〈五〉》）……有多首诗歌写出了诗人初到杭州觅职时的艰难与恓惶："梧桐树一声叹息 / 吐出一个异乡人 / 检查户口！交出暂住证 / 人们用方言剥光我的衣服"（《马塍路的夏天》）；"在三十岁的齿轮里，我也会喊疼 / 也会一个人在出租房里默默哭泣 / 我看见骨头和血肉迸溅成春天的花朵"（《三十岁——给父亲》）。这不仅是诗人一个人的经历，这是一代人所共同拥有的经历。《三十岁》

组诗鲜明的时代性，正是它的价值所在。

诗人的青春成长，是一种紧贴着大地的生长。诗人将自己情感与思想的根须，深深地扎入了脚下这方疼痛的土地。与其他很多同龄诗人轻舞飞扬的生命形态与诗歌形态不同，卢山的诗歌，现实观照性更强，与脚下的大地、与现实生活胶合得更紧密，情感更沉潜、深重。这是卢山诗歌区别于其他"80后"诗人的特点之一。诗人是一个深情的人，他说，"那么多的亲人，那么多的爱情／足以构成了我的幸福和苦难"（《悬崖》），"每一个清晨都值得流泪和热爱"（《三十岁〈一〉》）。他把自己深挚的爱的歌吟，首先献给了故乡和亲人。"石梁河是我故乡的河流／我要用我的一生给她写一封情书"（《我的石梁河》），"我所遇见的每一条河流／都没有像石梁河这样一个好听的名字"（《三十岁〈五〉》）……故乡的亲人，故乡的山川、风俗与生民的人生命运，如涛涌不息的石梁河，日夜流淌在诗人的梦里、心里……

在诗人青春成长的过程中，诗人的父亲是一个不可或缺的人物，他是诗人青春成长的"引路人"。尽管自诗人踏上外出求学和工作的漂泊之路后，父亲一直远在千里之外的故乡，但是父亲却从来没有在诗人的生命中缺席，他无时无刻不在对诗人产生着深刻的影响。诗人对父亲充满着感恩，在《血债》一诗中，诗人如是说："在我的增添的每斤肉里长高的每根骨节里／都填满了从父亲那里掠夺来的血肉。"在《我不会给父亲写诗》《父亲》《收获》《三十岁〈二〉》等诗篇中，父亲朴实勤劳的形象、父亲对"我"的爱、父亲芬芳的美德，纤毫毕现于诗人饱蘸情感的笔端。

诗人父亲对诗人的青春所施与的影响，是一种"吃螺丝钉"的硬汉精神。这是一种非常典型的中国式家族男性代际精神传承。在中国传统家庭教育形态中，母亲给予子女的偏于爱的温暖，而父亲给予子女的更多的是人生意志的影响。"父亲，这些年你教育我成为一个真正的男人 / 你说，三十岁的牙齿要比二十岁更加锋利 / 敢于啃硬骨头吃螺丝钉。这是你教育我的方式 / 要让我成为另一个你吗？"父亲这种独特的性别角色教育，无疑血液一样进入了诗人生命的脉管，成为诗人的行动指南："吃螺丝钉的人练习牙齿 / 随时准备啃硬骨头"（《表达》）；"他夜以继日地吃螺丝钉 / 练习牙齿，随时准备啃硬骨头"（《婚礼》）。这种教育，既让诗人学会了坚韧与顽强，又让诗人学会了责任与担当。

卢山诗歌内容丰富，题材广阔；手法多变，随心赋形。从内容上看，有乡愁，有爱情；有追忆，有展望；有甜蜜，有哀伤；有乡村生活，有城市生活。从艺术上看，诗人有着多副笔墨，传统创作手法与现代、后现代主义创作手法交相辉映。从篇幅上看，有长诗，也有截句。有些诗作，譬如讽喻大拆大建的《噪音颂》、讽刺庸政懒政的《小职员》等等，思考深刻，直击时弊，体现了诗歌对现实生活的干预。

诗人的青春成长，自然也包括诗歌艺术的成长。诗人是一位虔诚的缪斯信徒，在《我的幸福》一诗中，他如此宣告："我的幸福来自于 / 陷入文字的一场爱恋 / …… / 在心爱的白纸上建造房屋。"然而，正如诗人在《数数枇杷》《春天的独角兽》《暗涌》《诗人》《清明节寄北》等诗歌中所抒写的那样，诗歌创作是一项极度孤独的事业。自开启诗歌创作生涯以来，诗人忍受着"巨大的孤独"，对诗歌艺术孜孜以求，勇猛精进，诗歌的艺术性与思想性不断变得成熟起来。

正如诗人自己在《诗的社会学》一诗中所说："写一首诗 / 就是

慢下来做个手术。"诗歌是对青春的一场救赎，也是对生命施与的一场救治手术，它不仅呼唤技术，更呼唤耐心和信心。对青年诗人卢山，我们充满着期待，因为——"店老板说，你只需按下那个绿色的按钮 / 就能打印出一个色彩斑斓的春天"（《春天的打印机》）。

作者简介：涂国文，1966 年生于江西余干，诗人、作家、评论家。中国评论家协会会员，浙江省作家协会会员，出版有《江南书》《词语快跑》等多部作品。

如何给中年种下一颗牙齿

赵思运

种牙术

卢　山

给中年种下一颗牙

种下老虎的咆哮

让他一生敢于啃生活的硬骨头

吃体制的螺丝钉

开门见山，见大世面

说话不漏风，捕风捉影的人

抓不到他嘴巴里的风筝

父亲没有遗传给我的骨头

用一颗螺丝钉代替

我说话够硬　从不服软

一颗种下去的牙齿

我一生的诗篇里

最坚硬的一个词语

火化时　烈火难以下咽的

一根硬骨头

2019/2/23

卢山的《种牙术》是一首本事诗。他曾在而立之年因牙疾而种了一颗牙齿。但是，这颗牙齿并不是单纯的写实，而是由于诗人的"移情"，赋予了这颗牙一种深邃的象征意味："种下一颗牙"就是"种下老虎的咆哮／让他一生敢于啃生活的硬骨头／吃体制的螺丝钉"，这是自我生命力量的确证。

如果将这首诗与2015年前后的《生锈的人》《锈说》等作品的基调做一个比较，倒是很有意思。在那些作品里，卢山频繁地使用了"铁""锈""螺丝钉"等意象，流露出一种浓郁的颓败气息。从很大程度上讲，"锈"成为我们这个时代的一种症候。"锈"是钢铁水泥时代的物象化隐喻，它既是历史进程中的时代磨蚀物，又是个体生命异化和精神症候的沉积。卢山敏锐地捕捉到个体随着时代逐渐"生锈"的"惊心动魄"的过程。而《种牙术》则是在朽败的时代里，注入了生命的强力意志，"牙"成为诗人精神人格的外化和载体，"我说话够硬　从不服软"的性格与这颗坚硬的牙齿，合二为一。如果说，诗歌写作是个人生命意义的确证，那么，将这颗牙齿比喻为"我一生的诗篇里／最坚硬的一个词语"，就像一首诗的"诗眼"，点亮了人生。

本诗精练而饱满，以个人化的物象，表达独立的硬骨头人格，并且视这种人格为灵魂的舍利子，即使在火化时，也是"烈火难以下咽的 / 一根硬骨头"。一个璀璨结尾，将诗意迅速推向饱和之境，犹如一面耀眼的旗帜在最顶端飘扬！

（原载于 2019 年第 3 期《特区文学》）

作者简介：赵思运，1967 年生于山东郓城，文学博士，评论家，现为浙江传媒学院文学院教授。出版专著《何其芳人格解码》《中国大陆当代汉诗的文化镜像》《诗人陆志韦研究及其诗作考证》等五部，诗集《我的墓志铭》《不耻》《一本正经》等五部。

微观语境的诗意打开

芦苇岸

对　话
卢　山

老人坐在阳光里，
远远看去就像一截树桩
会把人绊了一跤。
柿子树下的小孙子
指着头顶的一枚柿子嚷：
"爷爷，再过几天它就要掉下来啦！"

冷风里，门前的一只老黄狗
默默流下泪水。

　　诗人卢山的这首《对话》是一首旷逸之诗，境界悠远，气息迷人，内在充盈着爱与生命，以及时光流逝的自然心性的豁然。晒太阳的老人如一截树桩，这起句不凡，有一股绵远的带动力。绊人树桩这一形象化联想的跟进，深造了他"老"的程度，透视岁月之澜的深邃。与之对应的"小孙子",对"柿子"的渴盼,充满无限的趣味性,这份幸福就要降临(掉下)。这美好的一幕,被门前的老黄狗看见,在冷风中流下热泪。温馨而安静的画风爱意深浓,产生了静水深流的效果。诗体不大,但蕴涵的几个关系一直处在鲜活的互证之中。整体看,这是一首深谙东方美学精髓的诗歌。诗意灵动,美得实在、惊心。老与少及柿子之间,预示的轮回,十分巧妙,人与物的融汇,物的动(狗)与静(树),构成了大道朴初的图谱。"对话"的旨意,完美地呈现了诗人心中潜修不移的万物平等的大观。

值得一提的是,纵观诗人卢山近年来的诗歌创作,他在渐进中年的自我督促中,愈益觉得诗性生命的可贵,他的诗集《三十岁》《湖山的礼物》,其实就是对外界的一种宣示,至少,是对自我高度确立的鼓劲,一个新的起点,或新的坐标,得以校准。他希望一展身手于诗歌的要求在近年,已经表现出更为强大的耐性。

无论人还是诗,他都以"内慧"的姿态展现进阶的可塑性,尤其难得的是,在红尘的社会煎熬多年,他依然未失学识给予自身芜杂的扫除,而绵实如沃野一般,爱着诗,爱着他对世道的守望。他的诗歌集中显现他的人生意气,既有青春诗学的鼓点擂响,亦有迎迓半生归来的回望与寄寓,当然也有着历经生活困顿之后的经验在场,富含深沉的忧郁气质与和煦的坚韧品质。

他的诗,力求在微观语境中打开主观识见,来自观察撷取的强烈的现实感知经由思辨转换后,再落到文字里,继续保持着抒情的温度与叙述的力度,如《脊椎》《看牙》等诗,已经凸显了他作为独立诗人的现实转化能力。在创作上,他的体系诉求比较明显,这也是他朝向未来的力量。希望他继续秉持柔和而细微的勘探，在无数的下一刻获得诗意的新知。

作者简介：芦苇岸，"70后"，土家族，中国作家协会会员，中国文艺评论家协会会员，中国少数民族作家学会会员，铜仁学院客座教授。1989年公开发表作品。现居浙江嘉兴，系吴越出版社总编辑。

我就是我的故乡

徐 飞

怀乡书

卢 山

我没有看见拆迁的现场
弟弟给我发来一段视频
笑着说，哥哥，我们从此
住进新农村的楼房喽

在车水马龙的杭州街道
我喊出疼不会有人听见
我做出停下来的手势
这个世界依旧马不停蹄

推土车撞开红彤彤的砖墙
我们从父亲的脊背上滚落
他们用力地挖一个坑
发布公告，说帮我们埋葬贫穷

父辈教导说好男儿志在四方

如今距离让我们来不及道别

生活，请给我一分钟的时间

允许我停下来痛哭我的故乡

从此，我就是我的故乡。

从石梁河到西湖，乡愁一路流淌，诗人卢山的笔触，从未放弃对故乡的聚焦。他的许多诗歌，都生发自他对出生地河平村的惦念与回忆。

在他多元化的诗歌写作中，这首《怀乡书》语言朴实，情感流露自然，给我们展现了他诗歌艺术"情深貌淡"的另一副面孔。面对老家的拆迁，弟弟的"笑说"与我的"喊疼""痛哭"，形成强烈的对比和映衬。"我做出停下来的手势"，却阻止不了"推土车撞开红彤彤的砖墙"，阻止不了"他们用力地挖一个坑"，埋葬曾经哺育和启蒙过我们的贫穷。"如今距离让我们来不及道别／生活，请给我一分钟的时间／允许我停下来痛哭我的故乡"，也许，地理上的故乡消失了，我们精神上的故乡才得以完整建立。

卢山的诗歌《怀乡书》，把时代变迁与个人经历融会贯通，化作独特的生命体验。运用镜头并置，把生活场景与内心感受，做了一番震骇展示，其中的心灵挣扎与自我拯救，给人以灰烬埋烧灵魂的灼痛感。"从此，我就是我的故乡"。前面四节起承转合，对生活做"横"的移植，最后一节形而上学地升华，超越一己的情感，使抒情指向"纵深"，隐含其中的哲理思辨，无形之中扩大了这首诗的容量，使所表达的"乡愁"具有普适性。

（原载于 2019 年第 2 期《凤凰湖诗刊》）

作者简介：徐飞，笔名徐徐飞，男，"70 后"，安徽省五河县五桥镇人，公开发表诗文若干，著有诗集《城市边缘》《菊乡恋歌》等。

打造精神的骨头

李 越

在审视自己与现代都市文明关系时，一些"80后""90后"诗人的作品更为激烈，尤其是农村身份背景与现代都市文明的冲突，交织在他们的诗歌写作里。他们仿佛一条游弋于城市边缘的鱼，在细碎的痛苦中寻找着安身立命之所和精神文化的源流。我们似乎能从这些疼痛的诗句里触摸到诗人的情感焦虑和精神寄托。来看青年诗人卢山早年的这首诗：

金钱时代一个诗人的自我安慰

时间指向凌晨两点半
已经足够安全了
世界静下来
我开始吐蕊，抽出一片新叶
沿着月光探询夜晚

当人们陆续离去，夜色凝重
我深知自己的良心

开始一遍一遍地修改自己

放血，抽筋，打造骨头

使这个夜晚成为一个加工厂

为人类制造孤独

都市的现实和喧嚣，无不给诗人造成巨大的焦虑和痛苦。这首诗清楚地呈现出诗人思想中植物作为肉体—孤独—骨头之间的联结。它写到暂别现实生活时，"我"化身植物反思自身，"开始一遍一遍地修改自己"，打造新的精神骨骼的情境。

诗人一再为我们刻画"骨头"的形象，如"每当我看见这吹绿骨头的春风/——就会想起海子"（《在春天》），"三月，春风吹绿马的骨头"（《诗歌的遗言》），写骨头之为生命活力；"在月光下伴有泥土颤动/随月光起舞的声音/是由于骨头错节，牙齿脱落/小动物秘密行走/生存的节奏逐渐缓慢下来"（《最后的情欲》），"这些日子如河滩上芦苇拔节/田野里麦子吐穗/夜晚有骨头错节和经脉撕裂的声音"（《这些日子》），写从内感官到生命力和生命的变化。必须看到，"骨头"的意义既源于与肉体本源性的联系，又具备精神性和生命力，它是诗人一直强调的一种精神理想。最后，在《噪音颂》一诗中，面对"宿舍楼下的拆迁、施工，狂风扫落叶，大修土木，大炼钢铁，宁静成为不可能"，诗人百感交集，以一句"满地的玻璃和骨头"绝妙地反讽了"骨头"作为精神理想的破碎。

抵达诗歌的王座

卢山早年作品出现诸多"抒情少年"形象。"抒情少年"是他诗歌中独特而重要的概念，大体来讲，"抒情少年"这部分诗忧郁、唯美，集中关注爱与死的主题。忧愁情绪、蓝色色调、青春年少和唯美风格共同构成抒情少年及诗歌忧郁气质的立体架构。

纵观近年来的创作，卢山诗歌的风貌发生了巨大转变，对自己实现了一个成功的"清算"，可谓实现了"复活"，正如他自己所说：别了，抒情少年！这是对其过往的彻底清理。《悬崖——致爱人》一诗成为他告别抒情少年的宣言：

悬　崖
——致爱人

没有人知道这个时辰，除了上帝

他的安排，依旧是尘世的风，那些水面的倒影

再次深入肉体，制造着一个华丽的黄昏

那么多的亲人，那么多的爱情

足以构成了我的幸福和苦难

它们必须经过我种下的篱笆、荆棘和

带刺的玫瑰，妄图再次探索一个人世？

曾经携手走进一个禁忌

完成某个隐秘的转折，交付一生，离开

爱人，我们的探索已经结束了

现在宣告，不管花开与否，或者幸福

从肉体里拔出的你的笑容，都已经结束了。

爱人，因为孤独，我们相爱

可是一个人世毁了。就在昨天，一个转身

我无意间窃取了答案，却不能说出口

对于你和其他人，这个危险的游戏

始终包含着某种自私的成分

在这个时代，我怀着同归于尽的心理写诗、做人

从别人那里学会心安理得，为了生活

将尊严一隐再隐，逼近灵魂

爱人，现在我必须交出这一切了

必须拔出这些人为的偏爱，才能彻底抵达王座。

　　从诗中可以看到，诗人告别了带有自私成分的爱情，真正去逼近灵魂，抵达王座，成为诗歌之王。在他看来，诗歌才是他的命运。他坠入了命运的悬崖，从爱情走上命运的道路。这一"悬崖"是决裂式的，它向我们展示了诗人告别抒情少年走向命运之途的过程。

　　在《节日》一诗中，诗人通过塑造精神与肉体紧密相连、富有生命力和音乐性的形象，表达了自己这样一种思考：精神和肉体不可分割，精神是从肉体中"跌落"的，只有经验到肉体"悬崖"，即肉体断裂和陷落，精神的本性才会显现。可见，诗人以这种方式深刻地宣告了对抒情少年的告别。

　　唯有诗才能抵达王座。这是他作为诗人的宿命，生来注定的，

正如他在《离开，或者在远方开始新的生活》中所说的那样："这时候雨水已经从仙人掌渗到了他的脊背，冰凉的，带有宿命的沉重的味道。"

在告别了抒情少年后，卢山真正以其诗歌明快的节奏感、干净利落的语言风格、热烈张扬的抒情、深刻的诗学理解构造了自己的诗歌王国，写下较大体量颇具个人特色、具有较高水准的诗歌、实验诗和散文诗，并不断探索新诗写作的多种可能，强化诗歌中现实的介入，使诗歌文本和探索活动成为当代新诗独具价值的宝贵财富。这些都是值得充分肯定和赞许的。

作者简介：李越，青年诗人，1986 年生于甘肃永昌，甘肃省作家协会会员。作品发表于《诗刊》《十月》《星星》《飞天》《黄河》《边疆文学》等多种刊物，出版诗集《苏三的夜》《雨天樱园》《巨石之响》，曾参加第八届十月诗会。

图书在版编目（CIP）数据

湖山的礼物／卢山著. -- 北京：作家出版社，2020. 7
ISBN 978-7-5212-0982-2

Ⅰ. ①湖… Ⅱ. ①卢… Ⅲ. ①诗集 – 中国 – 当代 Ⅳ.
①I227

中国版本图书馆CIP数据核字（2020）第084123号

湖山的礼物

作　　者：卢　山
责任编辑：田一秀
装帧设计：芬　妮
出版发行：作家出版社有限公司
社　　址：北京农展馆南里10号　　邮　　编：100125
电话传真：86-10-65067186（发行中心及邮购部）
　　　　　86-10-65004079（总编室）
E-mail:zuojia@zuojia.net.cn
http://www.zuojiachubanshe.com
印　　刷：天津中印联印务有限公司
成品尺寸：152×230
字　　数：186千
印　　张：16
版　　次：2020年10月第1版
印　　次：2020年10月第1次印刷
ISBN 978-7-5212-0982-2
定　　价：59.00元